Weil es dich und mich gibt

Ich bin folgenden Personen zu Dank verpflichtet:
Dr. Christoph Sandholzer für seinen Rat, meinen beruflich einge-
schlagenen Weg zu Ende zu gehen, ebenso für die Ermutigung,
Menschen mit Behinderung auf ihrem Lebensweg zu begleiten.

Ebenso möchte ich meinen Vorgesetzten, sowie Frau Rabenstein und Herrn Oswald für die kompetente und respektvolle
Begleitung meiner Ausbildung zur Heilerziehungspflegerin, an
der Fachschule in Gut Häusern, bedanken.

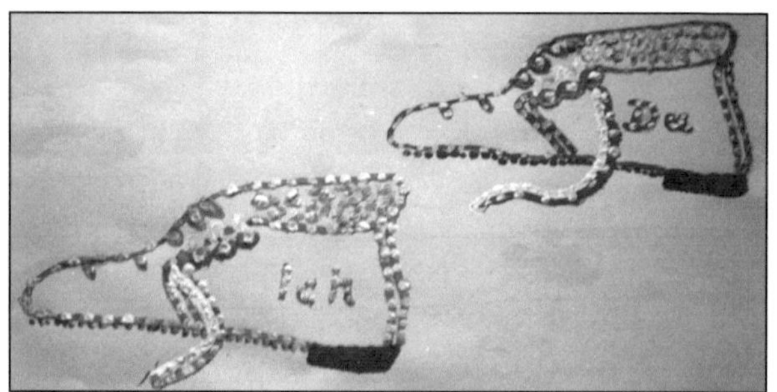

Annegret Weingart

Weil es dich und mich gibt

Auseinandersetzung mit der eigenen Lebensgeschichte als Grundlage für die persönliche sinnvolle Lebensgestaltung – kreative Aufarbeitung der eigenen Biographie mit 3 Bewohnerinnen in einer Wohngruppe

Satz, Umschlagdesign und Herstellung: Books on Demand GmbH, Norderstedt
ISBN 3-8334-0701-8

Inhalt

1. Theoretischer Teil

1.1 Vorwort

Einer meiner Vorgesetzten betonte in einer der Wohnheimversammlungen, dass das Schreiben einer Facharbeit in den Rahmen meiner Ausbildung fällt, und befragte die Bewohner/Innen nach Vorschlägen. Drei Frauen brachten das Thema, mit mir eine Biographiearbeit zu erstellen, ein. Ich entschied mich, diesem Wunsch nachzukommen. Frau Rabenstein, Dozentin an dieser Fachschule für Heilerziehungspflege, erklärte sich bereit, meine Facharbeit zu betreuen.

Den Bewohnerinnen und mir ist klar, dass unsere jeweilige Lebensgeschichte eine ganz spezielle Bedeutung hat. Sie gibt uns Aufschluss darüber, welchen Stellenwert wir unserem Leben geben.

Um uns unser Leben anschauen zu können, müssen wir unsere Vergangenheit erforschen. Hierzu war uns eine Methode, die die Biographiearbeit definiert, hilfreich. Anhand dieser Methode stellten wir uns auch die Frage: „Macht unser Leben einen Sinn und bringt es uns die gewünschte Sinnerfüllung?"

Wir arbeiteten heraus, welche bedeutenden Erfahrungen es gab, die unser Leben prägten. Auch dachten wir über die Religion und religiöse Ereignisse nach sowie über unsere Weltanschauung, Integration in die Gesellschaft und die Epoche, in der wir leben. Durch die Lebensereignisse und -erfahrungen, die wir machten, ist uns verständlich geworden, dass sie zu unserer Persönlichkeitsbildung beigetragen haben.

Wir spürten, dass schon die frühen kindheitlichen Einflüsse Auswirkungen auf unser jetziges Leben in der Gesellschaft haben. Das heißt, dass die Kindheit und die Kindheitserinnerungen sowie die Familienstrukturen Einfluss nehmen und bedeutend für die Gesellschaft sind.

Da unsere Lebensgeschichten wichtig sind, um zu erfahren, wer wir sind, bereiteten wir sie auf. Über die Biographiearbeit hinaus ist uns unsere Beziehung zueinander wichtig, zum einen, um „unsere Balance" zu finden. Zum anderen wollten wir unsere Gespräche so gestalten, dass sie die Biographiearbeit fördern, und darüber hinaus auch die allgemeine Beziehungspflege anregen. Wir haben unseren persönlichen Lebensstil und unser eigenes Lebensthema. Um uns zu hinterfragen und unsere Stärken und Schwächen aufzudecken, erschien uns ein Modell aus der Individualpsychologie hilfreich. Auch sprachen wir darüber, wie wir mit den Ergebnissen weiterarbeiten wollen. Damit haben wir unsere Zielsetzung erreicht.

1.2 Grundsätzliche Klärungen

Die Biographiearbeit ist ein Prozess, zu dem Vorüberlegungen und bestimmte Schritte gehören, damit alle, die am Prozess teilnehmen, und auch das Team, da es die Biographiearbeit von außen mitträgt, von der Arbeit profitieren können.
Als erstes machte ich mir über Literatur Gedanken, die der Erarbeitung und Aufarbeitung der jeweiligen Lebensgeschichte dient. Es ist wichtig zu wissen, welchen Platz wir in unserem bisherigen Leben eingenommen haben, z.B. der zeitgeschichtliche und religiöse Hintergrund, die familiären Bedingungen sowie die Lebenserfahrungen.
Da bei der Arbeit auch die zwischenmenschliche Komponente eine Rolle spielt, habe ich Literatur zum Thema Gesprächsführung und Beziehungspflege zu Rate gezogen. Dabei handelte es sich um die Titel „Miteinander reden" von Friedemann Schulz von Thun und „Schwierigkeiten sind Möglichkeiten" von Harry Müller. Diese Literatur bietet Anregungen, wie sich Beziehungen auch über die Biographiearbeit hinaus gestalten lassen.
Sodann habe ich mich mit dem Hauptgedanken meiner Arbeit beschäftigt, nämlich der praktischen Erarbeitung und der Aufarbeitung unserer Biographien. So ist es mir wichtig, dass wir unser Leben einmal Revue passieren lassen, um die Frage klären zu

können: Wollen wir dort, wo wir stehen, weitermachen, oder möchten wir Veränderungen in Gang setzen?

Die Individualpsychologie legt uns offen, wo unsere Stärken und Schwächen sind, und zeigt uns, welchen Bezug wir zu unserer Kindheit und zu unserer Familie haben. Das gibt uns wiederum Aufschluss darüber, wie und warum wir unseren spezifischen Platz in der Gesellschaft einnehmen. Um unsere persönliche Selbsterkenntnis zu verbessern, ist es wichtig, sich mit Änderungswünschen vertraut zu machen. Um diese umsetzen zu können, begleite ich die Bewohnerinnen nicht nur im Rahmen der Biographiearbeit, sondern darüber hinaus in ihrer persönlichen Lebensführung.

Wir wollen uns gegenseitig unterstützen, um unsere Balance zu finden und unser gestecktes Ziel zu erreichen. Den Beteiligten ist dabei klar, dass durch diese Arbeit ein Reifeprozess stattfindet.

Frauen mit geistiger Behinderung wünschen sich, dass sie die Dinge lernen, zu denen sie befähigt werden können, sie zu beherrschen. Sie wünschen sich, dass sie nicht Dinge lernen, um des Lernens willen. Das Erfahren-Wollen und Kennenlernen-Können ist meines Erachtens dem Menschen angeboren.

1.2.1 Definition der Biographiearbeit

Wörtlich übersetzt bedeutet „Bio" Leben und „Graphie" Schrift. Zur Biographie eines Menschen gehören Lebenserfahrungen sowie Daten und Fakten, d.h. erworbene Fähigkeiten und Fertigkeiten, Krankheiten, festliche Ereignisse u.v.m.

Da sich Lebenserfahrungen, der Wissenserwerb in der Schule und Ausbildungen in unterschiedlichen Altersstufen ereignen, wird die Lebensgeschichte aufgegliedert in Kindergarten, Vorschule, Schule und Beruf/Arbeit.

Auch wird die Biographie eines Menschen im abendländischen Kulturkreis häufig von religiösen Praktiken und von Sakramenten begleitet. Zu diesen Sakramenten gehören z.B. Taufe, Kommunion, Firmung und Ehe.

In einer Lebensgeschichte zeigen sich bestimmte Vorlieben einer Person. So habe ich bei einer der drei Bewohnerinnen eine besondere Liebe für Puppen entdeckt. Unser Alltag wie auch der Alltag eines Menschen mit Behinderung ist strukturiert durch immer wiederkehrende Dinge und Dinge, die einmalig sind.

Als Mitglieder einer Gesellschaft, in die auch der behinderte Mensch integriert ist, durchlaufen wir alle ähnliche Stationen. Den Schlusspunkt dieser Stationen setzt der Tod. Doch zwischen Geburt und Tod steht eine Mannigfaltigkeit von erlebten Dingen.

Wenn wir den Sinn einer Biographiearbeit verstanden haben, wird es den meisten von uns auch Spaß machen, seine/ihre eigene Biographie aufzuschreiben.

1.2.2 Begründung der Biographiearbeit

„Ihr ist das Leben ins Gesicht geschrieben!" Dieser Satz zeigt, wie sehr die Lebensgeschichte für andere sichtbar wird. Wir wissen meist nicht, welche konkreten Lebenserfahrungen „ins Gesicht geschrieben sind", welches Schicksal sich dahinter verbirgt und was die jeweilige Person tatsächlich geprägt hat. Unvermutet schauen wir in ein interessantes Gesicht. Nur selten gibt es die Möglichkeit nachzufragen, was die betreffende Person erlebt hat.

In der Geschichte sind individuell erlebte Ereignisse mit kollektiven Ereignissen verwoben.

Sinn und Zweck der Biographiearbeit ist für mich, das eigene Ich zu entdecken, daraus das Leben zu begreifen und für jeden von uns begreifbar zu machen.

Eingangs habe ich den Bewohnerinnen erzählt, welche Bedeutung Biographiearbeit für unser eigenes Leben haben kann und wie wir mit unserer Biographie umgehen können sowie welche Chancen und Möglichkeiten bestehen, unser Leben zu beleuchten. Wir haben hierdurch die Möglichkeit, uns selbst besser zu verstehen und uns besser in die Gesellschaft einzufügen. Auch können wir hierdurch unserem eigenen Leben einen stärkeren Sinn geben.

Die Biographiearbeit möchte die Menschen mit ihrer eigenen Vergangenheit konfrontieren. Sie will einen Gedankenaustausch darüber in Gang setzen, wer was warum wie erlebt hat; will Menschen herausfordern, über Erlebtes nachzudenken und darüber zu erzählen. Auch gibt die Biographiearbeit die Möglichkeit, gegenwärtige Geschehnisse ins Tageslicht zu rücken, sie können hier zugleich beleuchtet werden. So fungiert die Vergangenheit als Spiegel des Daseins eines Menschen.

Natürlich kann ich mir schon ein Bild von einem Menschen machen, wenn ich ihn das erste Mal sehe. Dieses Bild ist meines Erachtens aber sehr oberflächlich. So ist es auch bei den Menschen mit Behinderung. Erst dadurch, dass ich sie auf ihrem Lebensweg begleite, vertieft sich mein Bild. Erst dadurch, dass ich mich immer wieder mit dem Leben der anderen auseinandersetze, kann ich Hintergründe durchschauen. In der Arbeit erlebe ich schöne und traurige Ereignisse. Diese Ereignisse formen den Menschen und machen ihn zu dem, der er ist.

Mit dem Wissen von heute wird unsere Vergangenheit reflektiert. Lebenserfahrungen sind eng mit den sozialen Räumen verbunden, in denen sie gemacht werden. Ortswechsel, Wohnungswechsel, Wechsel der Ausbildungs- und Arbeitsstätten, alles ist verbunden mit unterschiedlichen Erinnerungen. Nur wer sich erinnern kann, weiß, wer er ist. In unserer Lebensgeschichte und den Geschichten unseres Lebens finden wir die Wurzeln für Selbstvertrauen und Individualität.

Durch das gemeinsame Erinnern erfahren die Menschen mit Behinderung so wie jeder andere Mensch auch Wertschätzung und Bestätigung. Vor allem wird beim Erinnern das Langzeitgedächtnis angesprochen. Das Selbstvertrauen wird durch das Erinnerungstraining gefestigt. Ein trainiertes Erinnerungsvermögen ist wichtig, um die Lebensgeschichte aufschreiben zu können.

1.3 Mögliche Sinnfindung

Der Philosoph René Descartes hat gesagt :„Ich denke, also bin ich". Descartes meint damit, dass sich der Mensch als kognitives Wesen versteht. Meines Erachtens begreift der Mensch zunächst einmal, dass es ihn gibt in dem Sinne, dass er sich selbst wahrnimmt. Denn auch der Mensch mit Behinderung versucht die Welt um sich herum wahrzunehmen, sozusagen vom Ich zum Du oder vom Abstrakten zur Materie. Hierin liegt der Beginn der Frage nach dem Sinn des Lebens. Der Mensch kommt im Laufe seines Seins mit dem Gestern und dem Heute in Berührung. Also wird er, nachdem er im Gestern und Heute Veränderungen festgestellt hat, sich die Frage stellen: Wie war die Welt gestern und wie wird die Welt morgen sein? So wie der Tag sich von der Nacht abgrenzt, so grenzen sich auch die unterschiedlichen Sinnfindungen im Leben voneinander ab. Auch wenn Elemente aus dem gestrigen Tag noch heute Gültigkeit haben, so werden sich auch Gedanken in den neuen Tag verschieben. Zuletzt beschäftigt sich der Mensch mit der Sinnfrage. Er stellt sich die Frage nach dem Ursprung und damit nach dem Schöpfer; dies gilt auch für den Menschen mit Behinderung.

Der Mensch stellt sich die Frage, wie er seine Balance gewinnt. Er fragt nach aufbauenden Dingen, wenn er schwere Tage durchlebt, oder er fragt auch danach, wie er eine Krise durchsteht. Zur Biographiearbeit gehört nicht nur das Aufzählen von Tatsachen, sondern auch das Lachen und das Weinen. So wie manche Ereignisse im Leben eines Menschen zum Glücklichsein beigetragen haben, so haben andere Ereignisse auch Trauer hervorgerufen und sind vielleicht noch nicht verarbeitet.

Der Mensch fragt danach, was ihm einen langen Atem gibt. Weil der Mensch sich Gedanken über Gott und den Sinn des Lebens macht, bringt ihn dies in eine Auseinandersetzung mit dem Leben und mit Gott.

Victor Frankl, der Begründer der Logotherapie, sagte, dass der Mensch immer ein Suchender nach dem Sinn des Lebens sein wird. Die Antwort auf die Frage nach diesem Sinn kann sich nach Frankl nur jeder selbst geben. Eine seiner Grundideen ist auch, im Leid ein Ja zum Leben zu haben. Dieses **Ja** bedeutet auch, im Leiden zum Leben zu stehen.

1.4 Epoche, Weltanschauung und Religion als exemplarische Einflüsse auf die Biographie

Die ursprünglichste Wurzel der Biographie liegt im Gottesverständnis. Denn in der Biographie ist das Sein des Menschen begründet, welches aller menschlichen und weltlichen Wirklichkeit zugrunde liegt.

Jede Religion hat ihr eigenes Menschenbild. Im Bild Gottes spiegelt sich ein Bild vom Menschen. Die Auseinandersetzung mit der Spiritualität, der Weltanschauung und anderen exemplarischen Einflüssen wird in kleinerem oder größerem Maßstab von fast jedem von uns geleistet.

Weltanschauung und Religion stehen in engem Zusammenhang. Die Begriffe zeigen auf, mit welcher Sicht der Mensch durch das Leben geht, aus welcher Perspektive er das Leben begreift. Menschen mit Behinderung werden wie jeder andere Mensch auch mit dem Spirituellen und der Zeitgeschichte konfrontiert und setzen sich mit diesen Gedanken auseinander.

1.4.1 Biographie und Epoche

Es gibt unterschiedliche und z.T. weit auseinanderklaffende Erklärungsversuche für Weltanschauungen. Bestimmte Epochen haben sich besonders prägend auf das Menschenbild und damit auch auf die Lebensgeschichten von Menschen ausgewirkt.

Eine der wichtigen Epochen ist die des Liberalismus. Der Liberalismus ist eine geistige Bewegung, die Ende des 18. Jahrhunderts entstand. Durch den Liberalismus erhielt das Ordnungssystem eine individualistische Deutung. Der Einzelne steht im Vordergrund. Der höchste Wert ist der Mensch und die damit verbundene Autonomie und Freiheit. Ein diesseitiges Weltbild menschlicher Vernunft reicht aus für die Weltanschauung und Beziehung zu einer höheren Ordnung. Für den Menschen mit Behinderung, der vielleicht nicht den Sinn der Zeitepochen versteht, ist die Zeit, in der wir leben, von großer Bedeutung, denn er hat seinen Platz in unserer Zeit und ist in die Gesellschaft integriert, während er in anderen Epochen von der Gesellschaft ausgeschlossen wurde. Im Mittelalter etwa wurde der Mensch mit Behinderung als Wechselbalg bezeichnet oder gar als satanisch stigmatisiert. Ich denke, dass ein Mensch mit Behinderung bemerkt, ob die Gesellschaft ihn akzeptiert. Dies hat wiederum Auswirkungen auf seine Biographie, denn würde er nicht integriert werden, könnte er z.B. keine Schule besuchen, d.h. der Schulbesuch würde aus seiner Biographie entfallen. Erfährt der Mensch mit Behinderung seinen Ausschluss aus der Gesellschaft, schaut er die Welt auch anders an und geht auf seine Mitmenschen anders zu.

So stellen sich in jeder Epoche die Menschen die Frage: „Hat jedes Leben ein Recht auf Leben?" Für mich bleibt nicht nur die Frage nach der Wertschätzung des Lebens offen, sondern auch die Frage des Maßstabs, wann ein Leben lebenswert ist und wann nicht.

Peter Singer hat sich mit dieser Frage auseinandergesetzt und behauptet: „Ein Leben ist so viel wert, wie es der Gesellschaft von Nutzen ist." Ich bin dagegen der Meinung, dass ein Leben etwas

Gottgewolltes und von Gott Geschenktes ist. Jedes Leben hat seine Berechtigung und jedes Leben kann auch zum Nachdenken über die Schöpfung anregen.

Der Mensch mit Behinderung hat in unserer Gesellschaft die Möglichkeit, eine Schule zu besuchen und auch eine Arbeit aufzunehmen, soweit dies seiner Behinderung entspricht. Für mich liegt hier der Beginn des Niederschreibens der Biographie.

Festzuhalten ist, dass Epochen mit Weltanschauungen in einem engen Zusammenhang stehen, denn durch die unterschiedlichen Weltanschauungen haben sich die Epochen verändert.

1.4.2 Biographie und Weltanschauung

Es lassen sich folgende Weltanschauungen laut Brockhaus-Lexikon (Wiesbaden 1977) unterscheiden:

Der *anthropozentrische Ansatz* ist der wissenschaftliche Ansatz, der besagt, dass der Mensch im Mittelpunkt steht und alles dem Menschen zu dienen hat (Tierversuche, Massentierhaltung und Zoohaltung).

Der *pathozentrische Ansatz* ist der medizinische Ansatz. Danach hat das Tier ein Recht auf Leben. Jedes Lebewesen hat ein Recht, positive Empfindungen zu erleben. Der Mensch ist verpflichtet, diese Bedingungen herzustellen.

Der *biozentrische Ansatz* ist der biologische Ansatz mit der Bedeutung, den Willen zum Leben zu entfalten, der sich in jedem Menschen findet. Der Mensch trägt Verantwortung für seine Umwelt. Die Umweltbedingungen schafft der Mensch.

Der *holistische Ansatz* ist der Ansatz, dass alle Daseinsformen der Welt (z.B. Physisches, Organisches, Psychisches) als Teile einer Ganzheit zu verstehen sind.

Der Mensch bildet als Körper, Geist und Seele eine Einheit. Er ist innerhalb des Universums ein Teil des Ganzen und trägt durch sein Handeln die Verantwortung für das Ganze.

Ich denke, dass der holistische Ansatz in der Arbeit mit Menschen mit Behinderung am bedeutendsten ist. Durch diesen Ansatz wird der Mensch ganzheitlich angesprochen. Der Mensch besteht aus

Leib, Geist und Seele. Der Mensch mit Behinderung versucht seine Welt zu verstehen, er hat Gefühle und hinterfragt das Spirituelle. Er übernimmt Verantwortung im Rahmen seiner Fähigkeiten und Fertigkeiten. Viele Menschen mit Behinderung gehen einer Arbeit nach und werden genauso wie Menschen ohne Behinderung dafür entlohnt. Darauf sind sie stolz. Durch die Erwerbsarbeit fühlen sich Menschen mit Behinderung gleichwertig und integriert. Dies ist Bestandteil ihrer Weltanschauung. Zur Weltanschauung gehört auch die Auseinandersetzung mit der Religion.

1.4.3 Biographie und Religion

Das Wort Religion leitet sich von dem Wort „religere" ab. Dies bedeutet „durch etwas durchgehen" und weiterhin die Rückbindung an Gott.

Es gibt folgende Typen von Menschen, die sich mit der Religion auseinandersetzen:

1. Beispiel: Der Atheist, der Gott verneint. Dennoch steckt in dem Wort Atheist das griechische Wort für Gott („theo"). Manche Atheisten wissen um einen Gott, lehnen ihn aber ab.

2. Beispiel: Der Agnostiker vertritt die Auffassung, dass die letzten Fragen des Menschen, die religiösen und die metaphysischen, nicht gültig beantwortet werden können.

3. Beispiel: Der Positivist (als Begründer des Positivismus gilt Auguste Comte) hält die Frage nach einem Gott für bedeutungslos, da er seine Erkenntnis nur aus exakten wissenschaftlichen Beweisen bezieht.

4. Beispiel: Der Rationalist (als Begründer des Kritischen Rationalismus gilt Karl Popper) verneint die Gewissheit unserer Erkenntnis. Alle Erkenntnis müsse sich einer ständigen Überprüfung unterziehen. Sollte diese Erkenntnis sich als falsch erweisen, müsse sie aufgegeben werden.

5. Beispiel: Der Gläubige, d.h. der Mensch, der seinen Weg mit Gott gehen will.

Ich tendiere zur letztgenannten Haltung. Die Natur ist für mich die Schöpfung Gottes. Gott will meines Erachtens für den Menschen das Beste und ist auch sinngebend. Die Ordnung unserer Natur ist logisch aufgebaut. Viele Wissenschaftler gewinnen ihre Erkenntnisse aus der Natur. Das Spirituelle hat seinen Ursprung darin, dass das Übersinnliche erfahren und dass mit ihm umgegangen wird.

Auch der Mensch mit Behinderung versucht nach seinen Möglichkeiten, das Spirituelle zu verstehen und zu hinterfragen. Spirituelle Dinge sind diejenigen, die wir losgelöst vom Materiellen und in Bezug auf etwas Höheres erleben. Diese Auseinandersetzung mit der Spiritualität ist etwas, was fast jeder Mensch in seinem Leben irgendwann unternimmt.

Arthur Schopenhauer sieht meines Erachtens in den menschlichen Grundgefühlen wie Furcht und Hoffnung die entscheidenden Antriebe, die den Menschen dazu führen, für das Drohende und Unbekannte in Natur und Gesellschaft Orientierungsvorstellungen auszubilden.

Die christliche Religion widerspricht einer solchen Philosophie. Ein religiöses Inneres, gedanklich Vorstellbares, aber nicht wissentlich Erfassbares begleitet den Menschen in unterschiedlichen Formen durch das Leben. Diese Begleitung gehört bis zur Vollendung zur Lebensgeschichte des Menschen. Der Mensch erhält Kenntnis vom Heiligen, weil es sich vom Profanen, dem alltäglichen Leben, unterscheidet.

Bei der Auseinandersetzung mit Epoche, Weltanschauung, Religion und dem Mitmenschen beginnt die Persönlichkeitsbildung.

1.5 Einige Grundaspekte der Persönlichkeitsbildung

Zur Biographie eines Menschen gehört ein Reifeprozess. Der Reifeprozess und die Selbstwerdung stehen in einem engen Zusammenhang. Wenn der Mensch sich dann als ein Individuum, aber auch als ein dazugehöriges Glied in der Gesellschaft begreift, beginnt für den Menschen die eigentliche Selbstwerdung. Denn jetzt beginnt er meines Erachtens, das **Du** zu begreifen. Er weiß, dass er nicht allein ist. Er gehört dazu. So wie die Gesellschaft sich in kleinen oder großen Schritten verändert und immer wieder neu ihr Sein begründet, so begreift sich der Mensch anfänglich im Sein und verändert sich. Selbstwerdung bedeutet also zuerst ein Erkennen des eigenen Lebens. Hieraus entsteht dann das Werden. Welche Beziehung der Einzelne zur Weltanschauung und zum Menschenbild hat, hängt mit seinen Moral- und Ethikvorstellungen zusammen.

Der Entwicklungspsychologe Lawrence Kohlberg hat diese Moral- und Ethikvorstellungen in Entwicklungsstufen eingeteilt. Diese Entwicklungsstufen, die der Mensch durchlaufen kann, sind gekennzeichnet durch Gehorsam (erste Stufe), Tugendhaftigkeit (zweite Stufe) und die persönlichen Idealvorstellungen und Prinzipien (dritte Stufe). Entscheidungen, die auf der letztgenannten Stufe gefällt werden, können im Zweifelsfall über geltende Gesetze gestellt werden.

Der Kant'sche kategorische Imperativ „Handle so, dass die Maxime deines Willens jederzeit zugleich als Prinzip einer allgemeinen Gesetzgebung walten könnte" gehört zu dieser Stufe der moralischen Entwicklung.

Menschen mit Behinderung haben nur bedingt die Möglichkeit der Selbstwerdung. Oftmals sind sie nicht in der Lage, darüber nachzudenken, wie sie ihr Leben gestalten können. Zwar besitzen sie oft die Möglichkeit der Selbstbestimmung, doch kennen sie nicht immer deren Tragweite. Manchmal haben sie keine Alternativen kennen gelernt, um sich einer wirklichen Auseinandersetzung mit dem Leben zu öffnen. Trotzdem hat jeder Mensch in seinem Leben bedingt die Möglichkeit der Entfaltung.

Für mich ist es wichtig, die Stadien des menschlichen Reifeprozesses aufzuzeigen, weil ich zugleich auch damit deutlich mache, dass der Mensch, wenn er um seine Stärken und Schwächen weiß, in seiner Persönlichkeit reifen kann. Der Mensch mit Behinderung sollte Unterstützung bekommen und sich selbst die Chance geben, erwachsen zu werden. Zugleich liegt in der Aufarbeitung der Biographie ein Reifeprozess.

In der Biographiearbeit haben wir versucht, diese Faktoren mit einzubeziehen. Dies hat unsere Arbeit erleichtert. Beziehung zuzulassen ist wichtig. Die Nuancen, die es zwischen den Beziehungen gibt, beschreiben auch die zwischenmenschlichen Gefühle. Darum ist es wichtig, dass der Einzelne sich selbst wahrnimmt, denn dann kann er auch in Beziehung mit dem Du treten.

1.5.1 Der Begriff der Selbstwerdung

Martin Buber: „Der Mensch wird am Du zum Ich."
Dieser Reifeprozess enthält verschiedene Stadien. Diese möchte ich hier kurz aufführen (Skript: Steinlechner, Manfred. Erziehungswissenschaften, Innsbruck: 1994).
In allen Stadien brauchen die Menschen – auch die mit Behinderung – Beziehungen.

Selbstkontakt, Selbstwahrnehmung
Der Selbstkontakt meint, dass der jeweilige Mensch Zugang zu sich selbst hat. Zugang zu sich selbst kann er haben, wenn er folgende Fragen bejahen kann:
Atme ich bewusst, gehe ich auf Träume ein, gehe ich auf Phantasien ein?

Selbstverständnis
Habe ich die Fähigkeit, meine Gedanken und Gefühle einzuschätzen und anzunehmen? Wenn der Mensch das kann, kann er auch seine Biographie aufarbeiten, denn hierin ist die Selbstwahrnehmung begründet.

Selbstakzeptanz
Akzeptiere ich auch meine dunklen Seiten, kann ich darüber sprechen, oder schiebe ich sie lieber weg? Wenn der Mensch an seinen Stärken und Schwächen arbeiten will, muss er sie kennen.

Selbstkritik
Sehe ich meine eigenen Fehler, wie gehe ich damit um? Projiziere
ich meine Fehler lieber auf meine Mitmenschen, diese erscheinen
mir dann vielleicht unsympathisch?

Selbstständigkeit
Ich bestimme selbst, wie ich mein Leben gestalte, trage aber
auch die Konsequenzen dafür. Dadurch, dass der Mensch mit
Behinderung die Möglichkeit hat, sich selbst zu bestimmen, trägt
er auch eingegrenzt die Verantwortung für sein Handeln.

Selbstentfaltung
Ungelebtes erkennen und entfalten, nicht auf eingefahrenen
Gleisen durchs Leben gehen! Zur Aufarbeitung und Erarbeitung
der Lebensgeschichte dienen Beziehungsprozesse. Zur Persön-
lichkeitsentfaltung ist es notwendig, dass der Mensch auf Bezie-
hungs- oder Interaktionsprozesse eingeht.

1.5.2 Beziehungsprozesse und ihre Notwendigkeit

Beziehungsprozesse beinhalten immer ein Verhältnis von Nähe
und Distanz. Manches im Leben eines Menschen zeigt Ähnlichkeit
zum Leben eines anderen auf. Durch diese Ähnlichkeit kommt
der Einzelne dem anderen näher, oder der Einzelne distanziert
sich vom anderen, weil Erzähltes für ihn selbst fremd ist und sich
nicht in die eigene Lebensgeschichte einfügen will. Durch Selbst-
erlebtes wie durch Fremdes ergeben sich Nähe und Distanz in
Beziehungsprozessen.

Interaktion – Kontakt zum Du ist wichtig
Dieser Punkt hat einen Bezug zur Vergangenheitsbewältigung, da ich mich bewusst mit dem Du auseinandersetzen muss, wenn ich das Ich erkennen will. Aus diesem Grund ist Biographiearbeit mit mehreren Personen auch von größerer Bedeutung als mit einer Person allein, vorausgesetzt, dies ist von der Situation her möglich. So war es mir im Vorfeld wichtig zu erfragen, ob die Frauen damit einverstanden sind, mit wem sie Biographiearbeit machen wollen. Wie sich Interaktionsprozesse gestalten lassen, zeigt das Skript von Manfred Steinlechner auf (Steinlechner, Manfred. Erziehungswissenschaften, Innsbruck: 1994). Ich nehme zu diesen Punkten Stellung und füge Anmerkungen hinzu.

Beziehungen zulassen
Kontakte aufnehmen und Beziehung zulassen, auch auf die Gefahr einer Enttäuschung hin. Während der Biographiearbeit habe ich erfahren dürfen, dass sich zwei der Frauen näher gekommen sind. Dadurch, dass der Einzelne sich preisgibt und sich in die Karten schauen lässt, teilt er sich dem anderen mit. Zugleich eröffnet der eine dem anderen: Ich möchte dich näher kennen lernen.

Interaktion verstehen
Kommunikationsmechanismen und -aufbau erkennen, beobachten und hinterfragen und dadurch lernen, Verantwortung für seinen Teil zu übernehmen. Ich möchte erreichen, dass wir alle Verantwortung füreinander übernehmen, den anderen schätzen und ihn dazu motivieren, Respekt zu zeigen. Die Lebensgeschichte zu offenbaren bedeutet für mich, Respekt vor dem Leben zu zeigen.

Beziehungsprozesse annehmen
Sich dessen bewusst werden, dass sich Beziehungen ändern, dass Verantwortung nur für seinen aktiven Teil übernommen werden kann, nicht aber für den Beziehungsprozess. Versuchen,

Beziehungsnähe nach seinem inneren Bedürfnis zu leben und das auch seinem Gegenüber zuzugestehen.

Interaktion kritisch beleuchten
Versuchen, Störungen zu verstehen und sofort zu besprechen. Eigene Krisen dem anderen mitteilen bzw. Rücksicht auf Krisen des anderen nehmen.

Was ich sehr schön fand, war, dass die Frauen, die kritische Situationen aus ihrem Leben erzählten, sich von uns Frauen angenommen wussten. Weil wir Frauen in manchen Bereichen offen miteinander sprachen, wurde auch vieles berichtet, was das gegenseitige Vertrauen unter den Frauen förderte.

Sprichwort: Martin Buber, Religionsphilosoph

Beziehungen klären
Zu seinen Bemühungen und Verdiensten stehen, aber auch seine
Stärken und Schwächen zugeben. Der Bewohnerin empathisch
und ehrlich begegnen. In der Biographiearbeit waren meistens
Ehrlichkeit und Empathie vorhanden, dies diente letztendlich der
Aufbereitung und Aufarbeitung der eigenen Biographie.

1.6 Die Bedeutung der frühen Lebensgeschichte für das spätere Leben in der Gesellschaft

Die Motivation, die Lebensgeschichte zu erarbeiten und/oder
aufzuarbeiten, kann auch aus einem biologischen, persönlichkeits-
bezogenen oder sozial orientierten Hintergrund entstehen.

1.6.1 Die persönliche Bedeutung der Lebensgeschichte
Vom Anbeginn unserer Existenz sammeln wir Lebenserfahrungen. Die Eindrücke und Erlebnisse der frühen Kindheit bleiben
unserem bewussten Zugriff zwar verborgen, sie beeinflussen
aber unseren weiteren Lebensweg bis zum Ende.
Einerseits sind unsere Lebenserfahrungen unser ganz persönli-
ches Eigentum. Es steht uns zur freien Wahl, ob und wem wir sie
preisgeben. Andererseits ist die Darlegung der Lebensgeschichte
wichtig, um den Menschen allgemein und Menschen mit Behinderung zu verstehen. Dies ist bedeutsam, um den Menschen Ratschläge für das Leben geben zu können, für ihr Gefühlsleben, ihre
Gedanken, Wertvorstellungen, Beziehungen, Einstellungen und
Verhaltensweisen. Ratschläge geben zu können bedeutet, über
die rein biologischen Bedürfnisse des Menschen hinauszugehen
und damit auch, Erneuerung und Veränderung der Verstandes-,
Gefühls- und Verhaltensebene zuzulassen.
Um die Ursachen für ein Verhalten erklären zu können, ist die
Betrachtung der Lebensgeschichte erforderlich. Für mich hat Bi-
ographiearbeit den Sinn, dass der Mensch sein Leben anschaut.

Allein durch das Anschauen bekommt das Leben für ihn einen höheren Stellenwert.

Einen Weg einzuschlagen, um an den Stärken und Schwächen zu arbeiten, bedeutet zunächst einmal Verantwortung für das eigene Denken, Fühlen und Handeln zu übernehmen. Ein Mensch kann kaum verantwortliche Entscheidungen treffen, solange er noch andere für seine Probleme verantwortlich macht.

Es lohnt sich, eine Veränderung herbeizuführen (Müller, Harry. Schwierigkeiten sind Möglichkeiten. Hänssler Verlag, Neuhausen-Stuttgart, 1982). Der Autor schreibt in diesem Buch (S. 144): „Ein Psychologe hat folgende Beobachtungen gemacht: ‚Drei Dinge sorgen dafür, dass ein Mensch den Wunsch verspürt, sich zu ändern: erstens hinreichender Schmerz, zweitens eine langsame Art der Verzweiflung, auch Missvergnügen oder Langeweile genannt, und drittens die Erkenntnis, dass er sich ändern kann.'"

Grundsätzlich haben viele Menschen die Möglichkeit, Lebensberatung zu leisten. Denn viele von uns können Liebe, Barmherzigkeit und Wahrhaftigkeit dem anderen zeigen. Die Bibel ermahnt uns: „Einer trage des anderen Lasten, und so werdet ihr das Gesetz des Christus erfüllen." (Gal 6,2)

Zum einen kann die Lebensgeschichte also die Bedeutung möglicher Ursachen für ein Verhalten aufzeigen, zum anderen kann sie aber auch eine gesellschaftliche Bedeutung haben.

1.6.2 Die gesellschaftliche Bedeutung der Lebensgeschichte

Die Lebensgeschichte macht den Menschen zu dem, was er ist. So kann sie Bedeutung haben für die Natur-, Human- und Geisteswissenschaften. Viele Autoren beschreiben Zusammenhänge zwischen der seelischen Verfassung eines Menschen und seinen politischen Ambitionen. So wird in dem Buch „Freiheit oder Tod" von Nikos Kazantzakis die heldenhafte Rückeroberung der Insel Kreta durch die Griechen beschrieben.

Nicht nur politische Dimensionen beeinflussen unsere Biographie, sondern auch kulturelle und historische Faktoren. Die Zeit, in die der Mensch hineingeboren wird, spielt eine große Rolle für die Aufarbeitung und Umsetzung seiner Gedanken. Viele Menschen haben, um ihre jeweilige Zeit zu verarbeiten, große Werke geschrieben oder überhaupt für die Menschheit Großartiges geleistet. Während des Zweiten Weltkrieges lebten viele jüdische Künstler und Wissenschaftler und andere Verfolgte des nationalsozialistischen Regimes im Exil, so z.B. der Schriftsteller Heinrich Mann und der Psychologe Alfred Adler. Heinrich Mann hat das Buch „Der Untertan" geschrieben. Alfred Adler begründete die Individualpsychologie. Er war als Kind oft krank und hatte einen größeren und stärkeren Bruder. Beide, wie viele andere, haben ihre Kindheit mit den Erfolgen ihrer Arbeit kompensiert.

Im Rahmen der Heilerziehungspflege möchte ich den Menschen mit Behinderung und Künstler Georg Paul Michl erwähnen. Georg Paul Michl ist in Südtirol geboren. Er schreibt Gedichte, malt und gibt Interviews. Ich finde es konstruktiv, wenn Menschen mit Behinderung Einfluss auf unsere Zeitgeschichte haben. Es zeigt auf, inwieweit sie in unsere Gesellschaft integriert sind.

Viele Künstler haben ihre eigene Art, mit Erlebtem umzugehen. Sie projizieren ihre Gedanken und Gefühle sowie das Erlebte in Kunstwerke. In der Kindheit wird die Persönlichkeitsstruktur begründet und weiter ausgebildet. Kindheit und Kindheitserinnerungen haben Bedeutung für unser ganzes Leben.

1.6.3 Die Kindheit und die Kindheitserinnerungen

Zu den Kindheitserinnerungen gehören Kindheitsphantasien und Träume (Lieblingsgeschichten, Wiederholungsträume, denn in ihnen kommen primäre Meinungen zur Geltung), bevorzugte Märchen, Spiele und Bücher (Welche Ausrichtung hatten diese Bücher? Welche Spiele wurden besonders gern und häufig gespielt, z.B. Gesellschaftsspiele mit klaren Regeln oder Abenteuerspiele draußen)?

Kindheitserinnerungen werden mittelbar auch von der Globalisierung beeinflusst. Die dicht bevölkerte Stadt wird heute von multikulturellen Faktoren geprägt. Der Bezug zu Natur und Gesellschaft besitzt für das Kind ebenfalls große Bedeutung. Die Natur ist das Ursprüngliche, im Menschen Angelegte und mit dem Menschen Verbundene. Kinder, die auf dem Lande aufwachsen, erhalten eher die Chance, sich mit der Natur auseinanderzusetzen, als Stadtkinder. Kindheitserinnerungen betreffen die Familie und das unmittelbare Umfeld. Aus den Kindheitserlebnissen lässt sich oft das Lebensmotto des Einzelnen ableiten. Um dieses sichtbar werden zu lassen, muss der Lebensstil formuliert werden (ich verweise auf das Kapitel 1.7.2 „Formulierung des Lebensstils"). Die Kindheitserinnerungen sind auch wichtig, weil sie die heutigen Probleme und Schwierigkeiten des Menschen widerspiegeln, ohne dass er es zunächst erkennt.

Für mich sind die Kindheitserinnerungen der Frauen so wichtig, weil ich sie verstehen möchte. Aus dem Kindheitsmotto lässt sich auch der Leitsatz für das Leben ableiten. In den Kapiteln 2.1.1, 2.2.1 und 2.3.1 wird auf solche Leitsätze eingegangen. Der individuelle Leitsatz kann auch verändert werden, wenn der Wunsch danach besteht. Auch ist mit dem Erkennen des Leitsatzes ein so genanntes Aha-Erlebnis verbunden. Hierzu gehört ein In-die-Tiefe-Gehen mit sich selbst, ein Selbstverstehen.

1.6.4 Familienstrukturen

Kindheit spielt sich vorwiegend in der Familie ab. Familienstrukturen sind Schemata, in denen sich folgende Faktoren wiederfinden: der Stammbaum, der auch Aufschluss über Zahl, Reihenfolge, Alter und Geschlecht der Geschwister gibt, evtl. genetisch bedingte Krankheiten, sofern es diese gibt, sowie Geburtsorte der Eltern und Vorfahren sowie der Wohnort und das eigene Geschlecht. Die Familienstrukturen eines Menschen sind bedeutend, um die Interaktionsmuster zwischen den einzelnen Familienmitgliedern zu erkennen, die in ihren Formationen seit Jahren bestehen und bestanden haben.

Wie Familienstrukturen veranschaulicht werden können, soll die Abbildung im Kapitel 2.9.2/Anhang zeigen.

Bei der Aufarbeitung und Erarbeitung der Lebensgeschichte war mir auch wichtig zu wissen, ob die Frauen mit Geschwistern aufgewachsen sind.

Wenn ich nur den einzelnen Menschen sehe, erkenne ich zwar Charakterzüge, aber ich weiß nicht, wie sie entstanden sind. Hinterfrage ich jedoch die Familienstrukturen und die Umweltbedingungen, erhalte ich auch Anhaltspunkte für die Erklärung persönlichen Verhaltens und verstehe den Zusammenhang.

So konnte ich bei der Biographiearbeit auch einen Einblick darüber bekommen, warum eine Frau, zweites Kind, sehr mutig gehandelt hat und uns ihre Lebensgeschichte sehr ausführlich erzählte. Auch die Beobachtungsgabe liegt vermehrt bei älteren Geschwistern vor, da diese oftmals ihre jüngeren Geschwister beaufsichtigen müssen. Außerdem: Wenn alles nur in starren Bahnen verlaufen würde, hätte der Mensch keine Möglichkeit mehr, sich zu verändern.

Diese Grundsätze in der Pädagogik sollen dazu dienen, dass der Mensch selbstbestimmt leben kann. Selbstbestimmung schließt nicht aus, dass der Mensch mit geistiger Behinderung Assistenz benötigt.

1.7 Die Individualpsychologie als Grundlage der Biographiearbeit

Begründer der Individualpsychologie, einer der drei klassischen tiefenpsychologischen Richtungen, ist der Wiener Nervenarzt Alfred Adler (1870–1937). Jeder Mensch unterscheidet sich vom anderen, er ist unverwechselbar und darum individuell. Die Individualpsychologie beschäftigt sich mit dem Einzelnen. Da die Bewohnerinnen eine individuelle Kindheit erfahren haben, aus denen sich verschiedene Mottos, Lebensstile und Leitsätze ergeben haben, verwende ich Adlers Ansatz bei der Biographiearbeit.

Ein weiterer Grund ist der, dass der „enthüllende Blick" zurück in die vergangene Lebensgeschichte eines Menschen durchaus auch dem Anliegen biblischer Prophetie entspricht.

Adlers tiefenpsychologischer Ansatz baute auf der psychoanalytischen Lehre Sigmund Freuds auf. Adler hatte zunächst über fünf Jahre mit Freud zusammengearbeitet, verwarf aber später zentrale Annahmen von Freuds psychoanalytischer Schule und begründete einen neuen Denkansatz. Er ersetzte Freuds Begriff der Trieblehre durch den Terminus „Strebung" und den des Instinktfatalismus durch den Begriff der menschlichen „Entscheidungsfreiheit".

Adlers therapeutischer Ansatz war immer sehr pädagogisch orientiert. Dies ist ein weiterer Grund, weshalb ich ihn für meine Arbeit verwende.

Die erwähnten Strebungen definiert Adler auch nach einem Zielgerichtetsein. Hier kommt für mich ein ganzheitliches (holistisches) Menschenbild zum Tragen in dem Sinne, dass die affektiven, kognitiven und motorischen Fähigkeiten eines Menschen zusammengehören. Also kann der Mensch bestimmen, welche Richtung er einschlagen will. Adlers Modell nimmt an, dass der Mensch sein Leben lenken kann, dass er Ziele hat, aber dass er auch Struktur braucht, um einerseits seine Bedürfnisse ausleben zu können und andererseits seinen kognitiven, affektiven und motorischen Zielen nachgehen zu können. Der Mensch sollte den Wunsch nach Selbstbestimmung in Einklang mit der Umwelt bringen.

Ziele sind wichtig, denn jedes erreichte Ziel bedeutet auch ein Erfolgserlebnis und damit eine positive Zuschreibung auf dem Lebenskonto.

Mit der Aufarbeitung und Erarbeitung der Lebensgeschichte können die Bewohnerinnen ihr Leben reflektieren und erhalten damit die Möglichkeit, ihre Weltanschauung zu überdenken oder stehen zu lassen.

Hinter jeder Weltanschauung steht ein Menschenbild, so auch hinter der Individualpsychologie.

1.7.1 Das Menschenbild und Grundannahmen der Individualpsychologie

Der Mensch ist ein einheitlicher Organismus. Ganzheitlich, holistisch, unteilbar (= individuus), zielgerichtet (theologisch), verantwortlich, sozial eingeordnet. Wichtig war für Adler, dass sich der Mensch auseinandersetzt mit dem Gedanken, wohin er gehen will, und weniger damit, woher er kommt. Diese Anschauung steht im Zentrum meiner Biographiearbeit. So ist es mir auch wichtig, dass sich die drei Bewohnerinnen damit auseinandersetzen und wir uns Ziele stecken. Diese können auch im Rahmen des Entwicklungsgesprächs für die Menschen mit Behinderung jährlich neu definiert werden. Sie können aber auch schon in der Aufarbeitung der Lebensgeschichte erläutert werden.

Der Mensch, der Struktur hat, gibt seinem Leben auch eine Richtung. Ich kann auch bei den drei Bewohnerinnen immer wieder feststellen, dass sie Pläne für ihr Leben haben. Adler definiert diese Ziele als Hauptstrebungen des Menschen.

Die drei Hauptstrebungen des Menschen:
- Überlegenheit
- Aktivität
- Gemeinschaft

auf deren Hintergrund sich einige Thesen ableiten lassen.

Vitale Äußerungen eines Individuums dürfen niemals losgelöst aus dem ganzheitlichen Zusammenhang seiner Biographie untersucht werden. Jede einzelne Äußerung weist demnach auf das Ganze des Lebensstils hin, ist gleichsam ein Hologramm, in dem dieses Ganze präsent ist. Dies bedeutet im Bezug zu meiner Biographiearbeit:

Für die eine Bewohnerin ist es sehr wichtig, den anderen Bewohnern die Welt verständlich zu machen. Gerne erklärt sie den Bewohnern etwas. Oftmals verstehen die Bewohner/Innen sie aber nicht. Für die zweite Bewohnerin hat das Zusammensein mit ihrem Freund einen hohen Stellenwert. Sie wünscht sich, dass diese Beziehung von lebenslanger Dauer ist. Bei der dritten

Bewohnerin liegt deren Hauptaktivität im Beisammensein mit anderen. Außerdem hilft sie gerne in der Küche. Ich denke, dass sich mithilfe des Adler'schen Modells Hauptstrebungen auch bei Menschen mit Behinderung erkennen lassen.

Da diese drei Frauen hierin auch Mangellagen entdecken, möchte ich beschreiben, was eine Mangellage ist und wie sie diese Mangellage bewältigen können.

Definition einer Mangellage

- Alles Leben ist Bewegung und auf Wachstum und Entfaltung ausgerichtet. Der lebende Organismus agiert aus sich selbst heraus. Seine Bewegungen sind einem Motiv unterworfen, das auf die Überwindung von Mangellagen, Unvollkommenheiten und Disharmonien ausgerichtet ist.

- Der Mensch ist schöpferisch und hat die Fähigkeit der Selbstbestimmung. Der Mensch nimmt grundsätzlich aktiv Stellung zu den Gegebenheiten seiner Umwelt. Er selbst bestimmt letztlich, was für ihn Aufforderungscharakter besitzt. Er kann sich eine eigene Meinung bilden, ist also nicht durch Anlage und Umwelteinflüsse allein determiniert. Und die Einmaligkeit des Individuums beruht damit letztendlich auf seiner Kreativität, die Mangellage zu überwinden.

- Menschen streben grundsätzlich nach Überwindung von Mangellagen, aus der Minussituation in die Plussituation. Das Grundmotiv menschlichen Handelns ist sein Streben nach dem Ziel der vollkommenen Sicherheit. Er bewegt sich demnach von der Minussituation in die Plussituation, von Unlust, Erniedrigung, Herabsetzung, Entbehrung zu Lust, Sieg, Ansehen, Reichtum usw.

- Der Mensch lebt im sozialen Umfeld – er ist ein Gemeinschaftswesen. Der Mensch ist immer nur Teil eines größeren Systems: Familie, Verein, Gemeinde, Beruf, Volk, Menschheit und Schöpfung.

Die grundlegenden Probleme des Menschen sind soziale Probleme.

Ich habe mit den drei Bewohnerinnen besprochen, wie sie diese Strebungen in eine positive Richtung lenken können. Dies kann natürlich bei jedem Menschen aus unterschiedlichen Motiven erfolgen, was wiederum mit dem Lebensstil und der Persönlichkeit zusammenhängt.

1.7.2 Die Formulierung des Lebensstils

Die Persönlichkeit mit ihrem speziellen Lebensstil macht die Originalität des Menschen als Geschöpf Gottes aus. Jeder Mensch hat seine individuelle Art, die Lebensaufgaben anzugehen, hat seine spezielle Sichtweise und Interpretation von Ereignissen (kulturellen, politischen, gesellschaftlichen, religiösen, familiären). Die Persönlichkeit erfasst die Ganzheit in allen Lebensäußerungen und Lebensgrundannahmen. Jeder Mensch spielt in seinem Leben eine „ganz spezielle Melodie".

Die Strebungen eines Menschen stehen also in einem engen Zusammenhang mit dem Charaktertyp. Aus den Strebungen und dem Charaktertyp entwickelt sich der Lebensstil.

Der *Lebensstil* eines Menschen beinhaltet mehrere Aspekte:
- Das Selbstbild sagt aus, dass der Mensch Gestalter seiner subjektiven Welt ist.
- Das Fremdbild sagt aus, wie der Mensch von seiner Umwelt gesehen wird.
- Das Weltbild sagt aus, wie der Mensch seine Welt sieht.
- Das Gefühl hat immer etwas mit einer Situation zu tun. Für den Gefühlsausbruch gibt es einen Anlass, der sich zumeist durch Prägungen erklärt, die bereits in der Kindheit erfolgt sind.

- Die Aktivität sagt etwas darüber aus, wie der Mensch handelt.
- Der Bezug zur Gemeinschaft sagt etwas darüber aus, wie der Einzelne mit seinen Mitmenschen umgeht.
- Die zentralen Gedanken sagen etwas darüber aus, womit sich der Mensch am häufigsten gedanklich auseinandersetzt.

In der Formulierung des Lebensstils werden alle wichtigen Aussagen des Selbstbildes, des Fremdbildes, des Weltbildes, der Ziele und der Methoden zusammengefasst. Sie ergeben sich aus den aktuellen Problembeschreibungen und aus der Erarbeitung der primären und sekundären Meinungen, die im Laufe des Gesprächs zustande gekommen sind.

1.8 Hinweise zum praktischen Erarbeiten einer Biographie

Bei der Erarbeitung der Biographie war es mir sehr wichtig, dass die drei Bewohnerinnen Freude haben. Es sollte kein bloßes Abfragen erfolgen, sondern Interesse an der Vergangenheitsbearbeitung bestehen sowie ein neugieriges Hinschauen, wo die jeweilige Bewohnerin heute steht. Es war mir auch wichtig, bei der Erarbeitung die Verfassung der Person zu berücksichtigen. Ich habe versucht, die drei Bewohnerinnen bei der Erarbeitung mit ihren Gefühlen zu respektieren, so wie ich das im Alltag auch tue.

Im Folgenden skizziere ich einige persönliche Rahmenbedingungen, die für das Gelingen der Biographiearbeit wichtig sind.

1. Ich habe mir Gedanken über meine eigene Einstellung zum Leben und über mein erworbenes Fachwissen gemacht.
2. Es ist für mich wichtig, die Frage der Verschwiegenheit zu klären, weil ich die Intimsphäre der Bewohnerinnen nicht verletzen möchte.

3. Ich möchte nicht nur eine Förderung der Lebensqualität, sondern auch die Beziehungspflege anregen.
4. Ich werde im Vorhinein für mich festlegen, an welchen Themen ich arbeiten werde.
5. Ich wähle Räumlichkeiten mit einer entspannenden und ruhigen Atmosphäre und nach der Größe (Sitzplätze) aus. Wenn sich Personen im Raum aufhalten, werde ich sie freundlich bitten, sich zu entfernen. Störungen können aber auch von außen den Gesprächsverlauf beeinflussen, z.B. Lärmbelästigung.
6. Ich möchte gemeinsame Treffen mit Aktivitäten oder einem gemeinsamen Essen verbinden.
7. Ich möchte, dass meine Teammitglieder die Erinnerungsaktivitäten mittragen.

1.8.1 Aufbereitung der Lebensgeschichten mit den Bewohnerinnen

In den folgenden Kapiteln widme ich mich der konkreten Biographiearbeit mit den Bewohnerinnen. Hierzu habe ich mich wieder meinem Thema gestellt. Dieses lautet „Kreative Aufarbeitung der Lebensgeschichten". Kreativität bedeutet „geistige Schöpferkraft und Ideenreichtum" (Textor, A. M. Fremdwörterbuch. rororo Taschenbuchverlag, Reinbek 1978).

Die Erarbeitung soll kreativ geschehen. Indem die Bewohner erzählen und malen, lasse ich Kreativität zu. Auch ist es mir wichtig, das von den drei Bewohnerinnen Gesagte mit ihrer Persönlichkeit zu verbinden und nicht die Persönlichkeit infrage zu stellen.

Ich mache mir noch einmal bewusst, dass beim Erarbeiten der Lebensgeschichte auch Dinge zum Tragen kommen können, die die Bewohnerin noch nicht verarbeitet hat. Die Bedeutung der Seelsorge unterstreicht Professor Adolf Köberle mit dem Satz: „Die Kirche der Zukunft ist eine Kirche der Seelsorge, oder sie ist überhaupt nicht."

Da das Sprechen auch zugleich das Verstandenwerden beinhaltet und dies sich auf die Beziehung zur Bewohnerin auswirkt, habe ich mir Gedanken gemacht, wie ein solches Gespräch aufgebaut sein muss, damit es fruchtbar werden kann.

1.8.2 Das Gespräch

Für ein gelungenes Gespräch ist äußere Ruhe notwendig und es gehört ein guter Augenkontakt dazu. Vieles ist in den Augen eines Menschen mit Behinderung ablesbar: Scheu, Neugierde, Ängstlichkeit und Interesse. Wir erkennen oft ohne Rückfragen, ob wir verstanden worden sind. Wenn etwas zum „Aha-Erlebnis" geworden ist, kann man dies ebenfalls an den Augen ablesen. Dass wir selbst dabei den Menschen vor uns freundlich ansehen, sollte uns selbstverständlich sein.

Wir müssen behutsam sein mit Rückfragen. Wir müssen wissen, was bekannt ist und was nicht. Deshalb sind Rückfragen notwendig. Eine der Rückfragen könnte sein, ob das, was besprochen worden ist, verstanden wurde oder nicht. So erfahren wir etwas vom Hintergrund der Menschen mit Behinderung.

Sich einem Menschen zuzuwenden und Anteil an seinem Ergehen zu nehmen ist ein wesentlicher Aspekt der Seelsorge. Wer selbst eine gute Erfahrung gemacht hat, wünscht dies normalerweise auch anderen.

Der Begründer der Gesprächstherapie, Carl Rogers, hat festgestellt, dass zur Führung eines hilfreichen Gesprächs nicht unbedingt eine vorgeschriebene Methode wichtig ist, sondern eher eine bestimmte persönliche Haltung, die sich aus folgenden drei Teilelementen zusammensetzt, Empathie, Echtheit und Wertschätzung.

1. **Empathie** ist die Fähigkeit, das in Worten auszudrücken, was das Gegenüber mit seiner Aussage eigentlich meint. Wichtig ist, genau hinzuhören. Erst wenn man meint, etwas nicht verstanden zu haben, sollte der Gesprächsführende nachfragen. Hört der Gesprächsführende eine unklare Antwort, sollte er nicht locker lassen. Erst einmal ist es wichtig, erkennen zu können, wo der Schuh drückt.

2. Mit **Echtheit** ist gemeint, dass der Gesprächsführende sich auf die Beziehung zum Menschen ganz einlässt, wobei er das Risiko eingeht, selber Gefühle zu empfinden und sich in die Beziehung einzubringen.

Echtheit bedeutet aber nicht, dass ich mich dem Menschen offenbaren muss, sondern dass die Gefühle, die im Zusammenhang mit der Situation und mit dem stattfindenden Gespräch stehen, geäußert werden sollten.

Echtheit bedeutet auch nicht, dass man mit dem Gegenüber eine kameradschaftliche Beziehung eingehen muss. Das Gespräch kann nur dann wirklich hilfreich sein, wenn sich die Beziehung zum Menschen in klar umrissenen Grenzen hält.

Echtheit, auch Kongruenz genannt, bedeutet, dass der Mensch authentisch ist, d.h. sich nicht hinter einer Fassade versteckt. Wenn Kongruenz missverstanden wird und sich der Betreuer in unangebrachtem Maße ins Gespräch einbringt, nimmt dies dem Menschen die Sicherheit, die er braucht, um zu einem Maximum an Selbsterfahrung zu gelangen.

Gefühle sind im empathischen Zuhören wichtig, denn **aktives Zuhören** bedeutet, dass es nicht jede Art von Nachricht mit gleicher Wichtigkeit wahrnimmt und zurückgibt, sondern dass der Gefühlsaspekt einer Information besonders herausgestellt wird.

3. **Wertschätzung** bedeutet, dass der Gesprächsführende dem Gegenüber eine Haltung bedingungsloser Annahme und Wärme entgegenbringt. Es ist wichtig, keine Forderungen zu stellen und Erwartungen noch nicht einmal in Gedanken zuzulassen.

Es ist zudem auch wichtig, auf Äußerungen zu verzichten wie „das finde ich gut" oder „das ist der richtige Weg, gehe den weiter". Es ist wichtig, darauf zu vertrauen, dass das Gegenüber von selbst den richtigen Weg gehen wird.

4. Auch das gute **Zuhören** gehört zum Gespräch dazu. Es scheint zwar banal, aber die erste Voraussetzung für gutes Zuhören ist, dass dem Gesprächspartner Aufmerksamkeit geschenkt wird.

Wirklich aufmerksam gegenüber einem fremden Menschen zu sein ist alles andere als selbstverständlich. Echte Aufmerksamkeit stellt den Redenden in den Brennpunkt intensiven Zuhörens. Die Körperhaltung des Zuhörenden drückt schon aus: „Ich bin an dir interessiert. Ich höre dir zu."

Neben Körperhaltung und Blickkontakt ist die Stimme das beste Indiz für ein aufmerksames Zuhören. Wer aufmerksam ist, spricht mit einer ruhigen Stimme.

Zuhören bedeutet, Verständnis mit Worten auszudrücken. Dazu gehört, dass der Gesprächsführende in der Lage ist, schwierige und meist sehr komplexe Zusammenhänge in Worten zu formulieren. Die wohl am häufigsten vorkommenden Äußerungen sind die Gesprächsanregungen. Sie sind im Großen und Ganzen dazu da, dem Gegenüber deutlich zu machen: „Rede weiter, ich bin da." Auch das Kopfnicken gehört in diese Kategorie. Werden diese Regeln eingehalten, verläuft das Gespräch Gewinn bringend.

1.8.3 Themen für ein Gespräch zur Ermittlung des Lebensstils

Aus der Familienstruktur, den Kindheitserinnerungen sowie den religiösen und gesellschaftlichen Einflüssen entwickelt sich ein Lebensstil. Aus diesem lässt sich ein Lebensmotto ableiten. Dieses lässt sich auch ohne Erarbeitung der Biographie erkennen.

Zur Erarbeitung und Aufarbeitung gehört aber auch, dass dieses Lebensmotto von den drei Bewohnerinnen benannt und beschrieben wird.

Sollte es sich zeigen, dass der Bewohner sich in einer Mangellage befindet und er sich wünscht, aus dieser herauszukommen, kann ich ihm mithilfe der Ermittlung des Lebensstils, dem Erkennen des Typus und dem Erkennen der Strebungen einen Weg zeigen.

Folgende Gedanken möchte ich nennen, um den Lebensstil eines Menschen zu erkennen:

1. Jeder Mensch hat eine ganz bestimmte, relativ festgelegte

Meinung über sich selbst, seine Stärken und auch seine Schwächen.

2. Jeder Mensch betrachtet seine Mitmenschen und seine Umwelt durch seine spezielle Brille. Hierdurch entsteht ein Fremdbild, das zwei Aspekte beinhaltet:

Wie erlebe ich die anderen?

Wie erleben die anderen mich (von meiner Sicht aus)?

1.8.4 Erforderliche Hilfsmittel

Es sind für diese Ausarbeitungen keine besonderen Materialien
erforderlich, lediglich Papier und Stifte. Für mich selbst war eine
persönliche Vorbereitung wichtig.

Zur Gesprächseinheit „Frausein" habe ich für die Vorbereitung
als Vorlage ein Interview mit einer Frau mit Behinderung benutzt
(vgl. Gesellschaft für Erwachsenenbildung).

1.9 Thema

Ich habe mir Themen überlegt, die der Erarbeitung und Aufarbeitung der Biographie dienen.

Was tue ich auf dieser Welt? Diese Frage arbeite ich auf im
Thema zum „Lebensstil", dem Interview zum Thema „Frausein"
und dem Malen eines Lebensweges.

Wer sind die anderen um mich herum? Dies arbeite ich auf im
Thema „Beziehungskreis" (die Bewohnerinnen malen einen Kreis
und teilen die Stärke der Beziehung, die sie zu jemandem empfinden, in unterschiedlich große Tortenstücke ein), Bedeutung
eines Festtages (am Beispiel Weihnachten) und hauswirtschaftliche Dinge im Alltag.

Ich habe mir diese Themen ausgedacht, weil sich bei der Erarbeitung das Lebensmotto und der Lebensstil herauskristallisieren.

Ebenso wird bei der Erarbeitung die Lebensgeschichte reflektiert und die Kreativität gefördert.

1.10 Mögliche Weitererarbeitung mit den Ergebnissen aus der Biographiearbeit

Absicht der verschiedenen Treffen zur Biographiearbeit war es, Ausschnitte aus dem Leben der Bewohnerinnen kennen zu lernen. Diese Erinnerungen sollen uns dazu dienen, strategisch neue Wege zu gehen und Methoden zu wählen, die Wege vereinfachen, um ans Ziel zu kommen. Wichtig ist es auch, mit der betreffenden Person gemeinsam zu arbeiten, um sie näher kennen zu lernen. Wenn ich die Möglichkeit habe, sie näher zu kennen, kann ich zugleich auf ihre Erfahrungen eingehen und sie damit ein Stück auf ihrem Weg begleiten. Zudem kann Biographiearbeit die Funktion haben, dass über die Arbeit hinaus auch die Beziehung vertieft wird.

Als ich mit den Bewohnern ihre Lebensgeschichten erarbeitete, erhielt ich einen Überblick darüber, wie sie zu ihrem Leben stehen und was sie verändern wollen. Bei dieser Veränderung kann ich sie begleiten. Ich kann ihnen Möglichkeiten aufzeigen, wie sie den erarbeiteten Sinnelementen die Bedeutung geben können, die sie ihnen geben wollen. Ich kann sie darin unterstützen, den Lebensweg weiterzugehen, der für sie sinnvoll erscheint (wenn ich mit ihren Ansichten konform gehe).

Ich kann eine bessere Beratung leisten, wenn ich die Stärken und Schwächen der Bewohnerinnen kenne. Ich kann ihnen hierdurch ermöglichen, mit ihnen an ihren Stärken und Schwächen zu arbeiten. Auch kann ich Folgen von persönlichem Verhalten aufzeigen.

Ich kann auch, wenn erforderlich, eine Therapie, eine Gesprächsgruppe, ein seelsorgerisches Gespräch und/oder persönliche Begleitung vorschlagen. Welche Form der Weitererarbeitung ansteht, hängt mit der Schwere des Problems eines Menschen zusammen.

1.10.1 Erreichen der Zielsetzung

Ich habe mir das Ziel für meine Arbeit gesetzt, die Lebenserfahrungen und Lebensgeschichten von drei Bewohnerinnen anzuschauen. Vor der Durchführung von Interviews mit den drei Bewohnerinnen habe ich Sinn und Nutzen mit ihnen besprochen. Ich habe bemerkt, dass es den Bewohnerinnen sehr viel Spaß gemacht hat, ihre Lebensgeschichte aufzuarbeiten. Anhand ihrer Rückmeldungen erkannte ich, ob meine Fragen verstanden worden sind oder ob ich ihnen mit einer Frage zu nahe gekommen bin. Da die Bewohnerinnen unterschiedliche Erwartungen an die Biographiearbeit hatten, habe ich meine Gesprächseinheiten unterschiedlich aufbereitet oder auch teilweise mit einer Bewohnerin allein gearbeitet. Die Anpassung und Abstimmung meiner Ziele auf die einzelnen Bewohnerinnen war mir sehr wichtig. Ich verweise auf das Kapitel 2.7, welches eine allgemeine Reflexion und die Ergebnisse präsentiert.

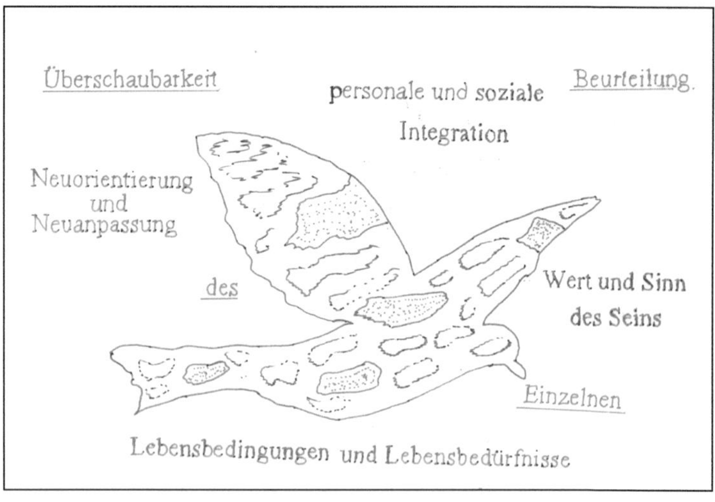

Wir sitzen alle im selben Boot und erst, wenn wir unseren Platz gefunden haben, können wir ihn auch einnehmen.

Empowerment der Tiere

Im folgendem Gedicht wird das Leben von verschiedenen Tieren beschrieben. Die Tierwelt kennt Selbstermächtigung und Selbstbefähigung in der Beziehung zur Natur. Beim Studieren dieser Strophen hat der Leser die Möglichkeit den Fachbegriff kennenzulernen und darüber zu reflektieren welche Wesenszüge dieser Tiere hilfreich sind in der Umsetzung seiner Erkrankung.

Der Schmetterling hat seinen genauen Plan
Ist er reif, strebt er die *Entfaltung* an
Aus der Raupe wird im Nu ein Falter
idealistisch, lebensfroh ist er auch im Alter

Die Ameise hingegen verfolgt ihr *Management*
Gerechte Aufgabenteilung ist ihr Talent
Feingefühl und Toleranz zeigt sie im Leben
Für alle rundherum will sie das Beste geben

Der erhabene Adler verschafft sich einen Überblick
er fliegt nach vorne und nicht so schnell zurück
Ruht er, so wachen seine Augen auf der Lauer
er erspäht sein Opfer und umfliegt es mit *Power*

Fühlt der Stier sich bedrängt, ergreift er die Initiative
Wie bekannt, geht er im Nu in die *Offensive*
Wer ihn gern ärgert, der soll auch wissen
mit vollem Einsatz wird er seinen Gegner messen
Die Taube ist in ihrer *Wahrnehmung* sehr sensibel
Mag sie jedoch etwas, gurrt es in ihrem Schnabel
Das Gewöhnliche wird von ihr meist gemieden
Die Schönheit der Natur ist ihr jedenfalls beschieden

Der Pfau ist voller *Engagement* und weiß genau
er hat viel Erfolg mit Radschlagen bei jeder Frau
Dies macht ihn jedoch mehr und mehr stolz und einsam
hoffentlich ist er dann im Alter kein grauer Griesgram

Reframing bedeutet etwas in einen neuen Rahmen setzen
Das Chamäleon kann sich schnell in eine andere Lage versetzen
Es kennt den Hunger und die Natur mit ihren wechselnden Veränderungen
wittert es Gefahr so kokettiert es mit den gegebenen Spiegelungen

Die Katze hat hingegen ist meistens sehr *mobil*
Einen Teil ihrer Aufgaben erledigt sie oft im Spiel
Katzenkinder kennen Erziehung, Fürsorge und Solidarität
für einen mahnenden Klaps ist es der Katze nie zu spät

Die Klapperschlange sucht selbst die *Ermächtigung* zum Täter
wird ihre Brut bedroht weicht sie voller Vitalität keinen Meter
Sie beachtet von Herzen die Unschuld, Treue und selbstloses Leben
Das Schicksal herausfordernd will sie wie andere auch überleben

Der Wal ist einer, der sich fast nicht streitet
er wird von einem großen inneren Frieden begleitet
Dies ist für ihn die *Normalisierung*, das Alltägliche
zu leben, zu lieben und nicht zu hadern das Verträgliche

Der Jäger weiß, wieviel Hasen in seinem Revier
Tragfähigkeit haben und nimmt sie in sein Visier
Hasen so sagt er, wollen Sicherheit und Vertrauen
und von daher sich immer wieder eine Grube bauen

2. Praktischer Teil

2.1 Beschreibung der Personen anhand einer Situationsanalyse: Frau X

Name: Frau X
Alter: 43 Jahre
Art der Behinderung: Es liegt eine Lernbehinderung vor.

Äußeres:
Frau X ist ca. 1,60 m groß und wiegt 70 kg. Sie hat schwarzes Haar. Frau X hat eine gerade Haltung und legt sehr viel Wert auf ihr Äußeres. Sie wirkt gepflegt.

Motorik:
Frau X kann alle Körperhaltungen einnehmen. Ihre Bewegungen sind meistens ruhig und wirken oft durchdacht. Sie erledigt ihre Aufgaben genau und mit Bedacht.

Feinmotorik:
Frau X kann sämtliche Tätigkeiten ausführen, die in den Bereich der Feinmotorik fallen. Sie verrichtet ihre Tätigkeiten mit beiden Händen, wobei sie die rechte Hand bevorzugt. Frau X kocht meistens gerne und ist imstande, die hierzu notwendigen Handgriffe auszuführen.

Kognitive Fähigkeiten:
Frau X übernimmt manche Aufgaben selbstständig und verantwortungsvoll. Sie kann einfache Texte lesen, im 50er-Bereich rechnen und fast fehlerfrei einfache Texte schreiben. Auch kann sie mit der Uhrzeit umgehen. Sie hat eine Armbanduhr und kann die Zeit ablesen. Frau X ist meistens gut zu motivieren. Wenn sie im Hause gebraucht wird, ich ihr dies mitteile und ihr die anstehende Arbeit erkläre, kann sie die von ihr geforderte Arbeit unter Anleitung selbstständig verrichten. Frau X kennt

den Wert des Geldes hinsichtlich kleiner Beträge. So haben wir uns kürzlich zusammengesetzt und den Euro gelernt. Sie kann im 50er-Bereich rechnen. Auch kann sie den Wert von Münzen und Scheinen ermitteln. Sie kann Euro und Cent voneinander trennen. Sie kann Beträge subtrahieren und addieren.
Sprache und Ausdrucksvermögen:
Frau X spricht in Ganzwortsätzen. In aufregenden Situationen kann sie sich meistens artikulieren. Ihr aktives und passives Ausdrucksvermögen ist durchschnittlich ausgebildet. Frau X spricht bayerischen Dialekt.

Lebenspraktische Fähigkeiten:
Frau X ist im lebenspraktischen Bereich fast völlig selbstständig. Sie arbeitet in einer Tagesförderstätte selbstständig und verdient Geld. Auch wenn sie im Hause unter Anleitung selbstständig hauswirtschaftliche Arbeiten verrichten soll, tut sie diese gerne. Frau X kann sich innerhalb des Wohnheims und außerhalb meistens orientieren. Sie findet sich zeitlich zurecht, ebenso manchmal situativ und ist aus diesem Grunde in diesem Bereich weniger auf fremde Hilfe angewiesen. Auch versteht sie es, mit Tieren umzugehen. So versorgt sie die Katze mit Nahrung und ebenfalls die Fische im Aquarium.

Sozialverhalten und Gruppenfähigkeit:
Frau X ist eine meist freundliche und eher aufgeschlossene und meist umgängliche Bewohnerin in der Gruppe. Sie ist oft hilfsbereit und versucht selbst erlernte Dinge den anderen Bewohnern zu vermitteln. Sie nimmt andere Menschen wahr und versucht auch, sich in diese einzufühlen. Sie kann sich ein Bild von den Charakteren ihrer Mitmenschen machen. Sie hat Schwierigkeiten, Kontakte zu pflegen. So hat sie zum Beispiel außerhalb des Wohnheimbereiches wenige Kontakte, die sie aufrecht erhält. Wenn fremde Menschen in ihrer Nähe sind, so ist sie ihnen gegenüber meistens aufgeschlossen. Das Vertrauen zu anderen Menschen ist bei Frau X prozessorientiert. Frau X ist Aufgaben

gegenüber relativ ausdauernd. Sie kann die Gefühle Wut, Trauer, Schmerz und Freude manchmal zeigen.

Entscheidungsvermögen:
Frau X kann manche Risiken einschätzen und beurteilen. Sie kann Entscheidungen oft selbstständig treffen. Bei größeren Entscheidungen lässt sie sich gerne beraten.

Körperpflege:
Frau X ist im Bereich der Körperpflege völlig selbstständig. Sie kann sich allein duschen, waschen und Zähne putzen. Auch kleidet sie sich ordentlich.

Psychische Situation:
Wenn es Konflikte innerhalb der Gruppe gibt, zieht Frau X sich gerne zurück. Wenn sie selbst Konflikte hat, versucht sie diese zu lösen, sie braucht hier allerdings Zeit und Beratung, um mit ihrem Konfliktpartner zu reden.

2.1.1 Lebensbericht von Frau X

Meine Mutter hat mir erzählt, dass es eine recht leichte Geburt war. An die Geburt kann ich mich nicht erinnern. Meine Mutter hatte keine Schmerzen bei der Geburt. Nach der Geburt bin ich in ein Kinderheim gekommen. Am Kinderheim war eine Kirche angeschlossen. In dieser Kirche bin ich auf den Namen meiner Tante x getauft worden. Eine Schwester (Nonne) hat mir immer wieder die Puppe weggenommen.
Ein Bub war immer so frech zu mir. Daraufhin habe ich mich immer wieder vor meiner Schwester versteckt. Die Zeit im Kinderheim hat mir nicht so gut gefallen. Bei meinen Eltern habe ich mich recht wohl gefühlt. Meine Eltern haben im Mai geheiratet. Im Dezember bin ich dann auf die Welt gekommen.
Mit fünf Jahren bin ich dann aus dem Kinderheim gekommen. Es war im Winter, als mich meine Eltern aus dem Kinderheim geholt haben.

Die Umgebung, in der meine Mutter lebte, war **mir sehr fremd**. Als ich dann nach Hause gekommen bin, habe ich meinen Vater zum ersten Mal gesehen. Mein Vater war mir sehr fremd. Wenn ich in dieser Zeit Angst hatte, habe ich mich dann versteckt. Meine Mutter hat aber dann gemerkt, dass ich Angst hatte. Ich habe während dieser Zeit oft in die Hosen gemacht. Als meine Mutter dann diese Bescherung gesehen hat, hat sie mir einen Lappen in die Hand gedrückt, damit ich dann die Bescherung wieder wegmachen konnte.

Ich habe noch zwei Brüder, die beide älter sind als ich. Mein älterer Bruder ist heute ca. 70 Jahre alt. Mein anderer Bruder ist sieben Jahre älter als ich.

Von meinen Brüdern kann ich nichts sagen. Mein älterer Bruder ist Lehrer geworden. Mein Bruder lebt in Dingolfing. Mein zweiter Bruder arbeitet in Laim. Er ist immer wieder gekündigt worden.

Mit acht Jahren bin ich in die Schule gekommen. Das war in der Itlinger Schule in München. Die Schule für lernbehinderte Kinder hat es da noch nicht gegeben. Dann bin ich in die Augustinum-Schule gekommen. Dort ging es mir sehr gut. Bei diesen Lehrern hatte ich dann genügend Zeit zum Lernen. So konnte ich die Buchstaben ganz langsam lernen. Dann habe ich auch Nachhilfeunterricht bekommen. Ich war 18 Jahre alt, als ich aus der Schule gekommen bin.

Freunde hatte ich keine. Ich habe oft Streiche ausgeheckt. Eine Freundin habe ich gehabt, die hat mich jedoch oft ausgenutzt. Mit dieser Freundin wollte ich dann nicht mehr spielen. Ich war immer ein Einzelkind.

1976 bin ich aus der Schule gekommen. Vier Jahre lang habe ich dann noch zu Hause gewohnt. 1981 bin ich in das Wohnheim gekommen. Zuerst habe ich in der Werkstatt gearbeitet. Dort war ich bis 1985. Bei der Werkstatt war ein Ausbildungszentrum angeschlossen. Hier gab es verschiedene Bereiche wie z.B. Elektro. Von 1985 bis 1987 bin ich in die Hermann-von-Sicherer-Straße gegangen. Hier gab es ein hauswirtschaftliches Ausbildungszentrum. Drei Jahre habe ich bei einer Zahnarztfamilie mit einem Kind gearbeitet. Als die Frau dann 1990 erkrankte, bin ich gekündigt worden. 1988 bin ich in die Fördertagesstätte gegangen. Seitdem arbeite ich in dieser Fördertagesstätte.

2.1.2 Jetzige Lebenssituation

Frau X wohnt im Wohnheim der x-hilfe in der x-straße in München seit ca. 20 Jahren. Sie lebt in einer Gruppe mit acht anderen Frauen und fünf Männern. Sie bewohnt in dieser Gruppe ein Einzelzimmer im ersten Stock. Sie hat dieses Zimmer nach ihrem eigenen Geschmack eingerichtet. Frau X arbeitet in der Kindertagesförderstätte in München. Da ihre Eltern bereits verstorben sind, bräuchte sie für schwierigere Angelegenheiten eine gesetzliche Betreuung. Eine solche ist für Frau X jedoch noch nicht gefunden worden. Frau X ist eine engagierte Bewohnerin der Wohngruppe. An Freizeiten und verschiedenen Projektgruppen nimmt sie aktiv teil. Auch übernimmt sie gerne die Leitung bei der Wohnheimversammlung.

2.1.3 Schlussfolgerung

Frau X ist eine ausgeglichene, kontaktfreudige, gesellige und engagierte Person. Frau X teilt sich gerne verbal mit. Manchmal drückt sie sich jedoch nicht sehr differenziert aus und das führt zu Missverständnissen mit anderen Bewohnern. Frau X versteht sich mit einer Bewohnerin, mit der ich auch Biographiearbeit geleistet habe, weniger gut. Es gibt Dissonanzen im Kontakt. Trotzdem wollen beide bei der Biographiearbeit mitmachen.

2.2 Beschreibung der Person anhand einer Situationsanalyse: Frau Z

Name: Frau Z
Alter: 33 Jahre
Art der Behinderung: Diagnose laut Akte: mäßiggrade
                            geistige Behinderung

Äußeres Erscheinungsbild:
Frau Z ist ca. 1,68 m groß und wiegt ca. 80 kg. Sie hat halblanges, dünnes, hellblondes Haar. Frau Z hat eine gerade Haltung und legt viel Wert auf ihr Äußeres. Meistens wirkt sie sehr gepflegt.

Motorik:
Frau Z hat eine gerade Körperhaltung. Ihre Gesamtmotorik wirkt etwas verlangsamt.

Grobmotorik:
Frau Z kann verschiedene Körperhaltungen einnehmen. Ihre Bewegungen wirken meistens sehr ästhetisch. Sie kann verschiedene Tätigkeiten verrichten. Die Tätigkeiten, die sie verrichtet, führt sie sehr sorgfältig aus. Sie arbeitet meistens ruhig.

Feinmotorik:
Frau Z greift mit der ganzen Hand. Sie bevorzugt beim Arbeiten aber die rechte Hand. Sie versucht auf verschiedenste Weise mit den Gegenständen umzugehen. Sie kann diese z.B. drehen und wenden. Wenn Frau Z gefragt wird, ob sie verschiedene Arbeiten in der Küche ausführen möchte, so erledigt sie diese mit viel Liebe.

Kognitive Fähigkeiten:
Frau Z kann, wenn sie dazu motiviert wird, manche Aufgaben selbstständig übernehmen. Sie kann einfache Texte und einfache

Wörter lesen, verstehen und schreiben. Sie kann die Uhr lesen. Sie hat eine eigene Armbanduhr. Sie versucht sich in fremder Umgebung zu orientieren. Frau Z ist meistens gut zu motivieren. Sie kann bestimmte Tätigkeiten auch allein bewältigen. So kann sie, wenn sie den Ablauf des Kochens einer Mahlzeit erklärt bekommt, diese Mahlzeit auch mit Unterstützung zubereiten. Frau Z kennt den Wert des Geldes im 50er-Bereich. So fiel es ihr auch verhältnismäßig leicht, Geldbeträge in Euro umzurechnen. Sie kann zwischen Münzen und Scheinen unterscheiden. Sie kann Beträge subtrahieren und addieren.

Sprache und Ausdrucksvermögen:
Frau Z spricht in Ganzwortsätzen. Sie kann Ganzwortsätze auch in sehr aufgeregten Situationen sprechen. Sie behält beim Reden meistens die Kontrolle über das, was sie sagen möchte. Ihr aktives und passives Sprachverständnis ist gut ausgeprägt. Frau Z spricht Hochdeutsch.

Lebenspraktische Fähigkeiten:
Frau Z ist im lebenspraktischen Bereich relativ selbstständig. Sie erledigt unter Anleitung hauswirtschaftliche Tätigkeiten selbstständig. Sie kann sich meistens in der gewohnten Umgebung zeitlich, persönlich und ohne fremde Hilfe orientieren. Auch in fremder Umgebung versucht sie sich zu orientieren.

Sozialverhalten und Gruppenfähigkeit:
Frau Z ist eine meist aufgeschlossene, hilfsbereite und freundliche Bewohnerin. Sie kommuniziert gerne mit ihren Mitbewohnern und den Mitarbeitern. Sie hat meistens eine entgegenkommende Art. Frau Z kann sich mitteilen. Ihre Wünsche und Anliegen versucht sie zu verbalisieren. Sie pflegt einen intensiven Kontakt zu ihrem Freund. Sie braucht Zeit, um sich einem ihr fremden Menschen gegenüber zu öffnen. Gerne nimmt sie auch an Freizeitangeboten, die von Schmidt Lehen angeboten werden, teil.

Emotionale Fähigkeiten:
Frau Z hat eine meistens freundliche und gemütliche Art. Sie läuft
Gefahr, dass diese Art ausgenutzt wird, da sie schlecht Grenzen
setzen kann. Wenn es Konflikte innerhalb der Gruppe gibt, zieht
sie sich zurück. Sie versucht Konflikte nur dann zu regeln, wenn
sie davon selbst betroffen ist, und braucht hierzu auch Unterstützung. Frau Z besitzt meistens die Fähigkeit, Wut, Freude, Angst,
Trauer und Schmerz zu zeigen.

Körperpflege:
Frau Z ist im Bereich der Körperpflege wie Bad, Dusche, Waschen, An- und Auskleiden, Mundpflege, Haare waschen, fönen
und trocknen fast völlig selbstständig.

Entscheidungsvermögen:
Frau Z kann manchmal Risiken einschätzen und verarbeiten.
Jedoch holt sie sich gerne Beratung in Konfliktsituationen.

Psychische Situation:
Frau Z versucht sich flexibel auf die jeweils gegebene Situation
einzustellen. Jedoch ist Frau Z manchmal depressiv und unterliegt
Stimmungsschwankungen. Frau Z bekommt Tabletten gegen ihre
Depressionen und Schlafstörungen.

2.2.1 Lebensbericht von Frau Z

Ich bin in Hockenheim geboren worden. Als ich noch ein Baby
war, ist meine Mutter gestorben. Meine Oma hat mich bis zum
vierten Lebensjahr hin betreut. Als sie dann gestorben ist, bin
ich nach München gekommen. Meine andere Oma ist 1992
verstorben.
Jetzt bin ich schon seit dreißig Jahren in München. Getauft worden bin ich im Augustinum. Dies ist eine Kirche in Berg am Laim.
An Geschwistern habe ich noch einen Bruder, dieser ist sechs
Jahre jünger als ich.
Ich bin in den heilpädagogischen Kindergarten gegangen. Vom

Kindergarten bin ich in die normale Sonderschule gekommen. Dann bin ich in die Montessori-Schule gegangen. Hier waren normal Begabte, geistig Behinderte und lernbehinderte Schüler zusammen gewesen.

Ich habe schon viele Freundinnen gehabt. Einen Freund habe ich auch in der fünften Klasse gehabt. Zuerst habe ich bei der Bäckerei in Segel gearbeitet. Dies ist in der Nähe von München-Stachus. Ein Jahr habe ich in dieser Bäckerei gearbeitet. Ich habe hier in der Hauswirtschaft gearbeitet. Mein Arbeitgeber hat mir immer viel Kuchen mitgegeben.

Nach der Schule bin ich ins hauswirtschaftliche Internat nach Schloß Altenburg gekommen. Hier hat es immer Milchreis und Grießbrei gegeben und wenig Fleisch. Von hier aus bin ich in die Adolf-Kolping-Schule gekommen. Dies ist in der Nähe vom Olympiazentrum. Ein Jahr bin ich in diese Schule gegangen. Hier waren auch normal begabte Schüler.

Nach der Schule habe ich zuerst in der Bäckerei Segel gearbeitet, für ein Jahr. Dann bin ich zum Dallmayr gekommen. Beim Dallmayr bin ich zehn Jahre gewesen.

Dann war ich ein Jahr krank gewesen wegen der Psyche. Mir ist es nicht so gut gegangen. Ich war depressiv. Dann bin ich in die Wohngemeinschaft in den Kim-Pauli-Weg gekommen. 1999 bis 2001 war ich im Wohnheim, dort lebe ich jetzt immer noch. Einen Bruder habe ich noch, der ist sechs Jahre jünger als ich. 1989 ist meine Psychose gekommen. Als Kind und Jugendliche habe ich oft geweint. Dann habe ich Medikamente und eine Spritze bekommen.

In Italien war es besonders schlimm. Hier habe ich gelacht und geweint.

2.2.2 Jetzige Lebenssituation

Frau Z wohnt im Wohnheim der Lebenshilfe in München, Stadtteil in der x-straße. Sie bewohnt das Wohnheim mit acht weiblichen und fünf männlichen Bewohnern. Sie bewohnt ein

Einzelzimmer im ersten Stock, welches sie individuell nach ihrem eigenen Geschmack einrichten konnte und kann. Frau Z arbeitet in der Werkstatt in der x-straße für Menschen mit Behinderung. Ihre Mutter ist bei der Geburt verstorben. Zu ihrer Stiefmutter hat sie eine intensive Beziehung. Von ihrem Vater und Bruder wird sie gelegentlich besucht. Frau Z hat eine gesetzliche Betreuungskraft, die sie öfter mal besuchen kommt. Sie ist eine eher zurückhaltende Bewohnerin der Gruppe. Sie nimmt gelegentlich an Freizeitangeboten der offenen Behindertenarbeit teil.

2.2.3 Schlussfolgerung

Frau Z ist eine sehr umgängliche Person und wird von den Bewohnern angenommen. Vor zwei Jahren ist sie neu ins Wohnheim gekommen. Für die beiden anderen Bewohnerinnen, mit denen ich die Biographiearbeit durchgeführt habe, war es interessant, sie näher kennen zu lernen. Im zwischenmenschlichen Kontakt hat Frau Z Schwierigkeiten, zwischen Nähe und Distanz zu unterscheiden, d.h. Grenzen zu setzen. Deutlich wird ihr Bedürfnis, ihre Mitte zu finden.

2.3 Beschreibung der Person anhand einer Situationsanalyse: Frau Y

Name: Frau Y
Alter: 43 Jahre
Art der Behinderung:
Diagnose laut Akte: Sie hat eine mäßiggrade geistige Behinderung, die durch eine Gehirnhautentzündung infolge einer Pockenimpfung in den ersten Lebensjahren hervorgerufen wurde.

Äußeres Erscheinungsbild:
Frau Y ist ca. 1,60 cm groß und wiegt ca. 75 kg. Sie hat schwarzes, kurzes Haar. Sie hat eine gerade Haltung. Sie legt meistens viel Wert auf ihr Äußeres. So hat sie auch einmal ein Freizeitangebot/

Seminar über gepflegtes Aussehen wahrgenommen. Auch lässt sie sich gerne ihre Nägel lackieren.

Motorik:
Das Gangbild von Frau Y ist normal entwickelt. Frau Y bewegt sich normal.

Grobmotorik:
Frau Y kann gehen, sitzen, stehen und liegen. Ihre Bewegungen sind oft nervös und hektisch. Sie erledigt ihre Tätigkeiten in einem fast normalen Rhythmus.

Feinmotorik:
Frau Y greift mit der ganzen Hand. Jedoch wird die rechte Hand von ihr bevorzugt. Sie kann Gegenstände unterschiedlich anfassen. Sie versteht es auch, manche hauswirtschaftliche Tätigkeiten adäquat zu verrichten. Ihre Feinmotorik ist relativ gut ausgeprägt. Sie arbeitet auch dann relativ feinmotorisch, wenn sie aufgeregt ist.

Kognitive Fähigkeiten:
Frau Y übernimmt bestimmte Aufgaben unter Anleitung selbstständig. Sie kann einfache Texte lesen und schreiben. Sie ist manchmal zu kausalem Denken fähig. Sie besitzt eine Armbanduhr und kann gut mit der Zeit umgehen. Sie kann Termine einhalten und meistens sinnvoll planen. Frau Y ist meistens gut zu motivieren und kann bestimmte Tätigkeiten auch allein verrichten. Frau Y kennt den Wert des Geldes im 50er-Bereich. Allerdings braucht sie Unterstützung von Seiten der Betreuer, um mit ihrem Geld gut umzugehen. Sie kann zwischen Münzen und Scheinen unterscheiden. Sie hat Probleme, höhere Beträge zu subtrahieren oder zu addieren.

Sprache und Ausdrucksvermögen:
Frau Y spricht in Ganzwortsätzen. Ist sie aufgeregt, spricht sie

schnell und fängt gelegentlich auch zu stottern an. Das Sprachverständnis ist aktiv und passiv relativ gut ausgeprägt. Frau Y spricht niederbayerischen Dialekt.

Lebenspraktische Fähigkeiten:
Im lebenspraktischen Bereich ist sie relativ selbstständig. In wenigen Bereichen braucht sie Hilfestellung. So sind die Betreuer ihr beim Reinigen des Zimmers behilflich. Frau Y erledigt hauswirtschaftliche Tätigkeiten in der Gruppe meistens mit einem Betreuer zusammen, wobei sie die ihr angetragenen Aufgaben aber relativ selbstständig ausführt. Frau Y kann sich im gewohnten Bereich gut orientieren. In einer für sie fremden Umgebung bedarf sie der Hilfestellung.

Sozialverhalten und Gruppenfähigkeit:
Frau Y ist eine relativ aufgeschlossene und resolute Bewohnerin. Sie ist, wenn sie dazu aufgefordert wird, meistens hilfsbereit. Wenn sie sich verletzt fühlt, versteht sie es manchmal, Grenzen zu setzen. Sie kann andere Menschen wahrnehmen. Sie hat das Bedürfnis, sich stets mit allen gut zu verstehen, und versucht meistens die Gewohnheiten der anderen Bewohner zu tolerieren. Auch nimmt sie gerne an bestimmten Freizeitangeboten teil (z.B. Bauernhof).

Emotionale Fähigkeiten:
Frau Y hat eine meistens freundliche, aber resolute Art. Frau Y versucht Grenzen zu setzen. Sie versucht stets die Kontrolle über das Geschehen zu bewahren. Frau Y besitzt die Fähigkeit, Wut, Angst, Freude, Trauer, Schmerz und Ausdauer zu zeigen.

Körperpflege:
Frau Y ist im Bereich der Körperpflege wie Bad/Dusche, Waschen, An- und Auskleiden, Mundpflege und Kämmen fast selbst-

ständig. Allerdings braucht sie, aber nur gelegentlich, einen Rat, um sich etwas Schönes anzuziehen.

Entscheidungsvermögen:
Frau Y kann Gefahren bedingt einschätzen und bewältigen. In Krisensituationen holt sie sich meistens Beratung von Seiten der Betreuer.

Psychische Situation:
Frau Y ist eine manchmal nervöse und schreckhafte Frau. Sie kann sich bedingt auf wechselnde Situationen einstellen. Frau Y hat gering ausgeprägte Wahnvorstellungen, die allerdings mit Psychopharmaka behandelt werden.

2.3.1 Lebensbericht von Frau Y

Ich bin im alten Krankenhaus in Rottal-Münster, Landkreis Passau, auf die Welt gekommen. Ich war von klein ab schon unter dem Sauerstoffzelt. Ich war im Sauerstoffzelt, weil ich von der Mutter ungenügend versorgt worden bin. Dann bin ich von klein ab schon weggekommen von zu Hause. Ich war in Hals im Kinderheim in Passau.

Dann bin ich in Neuötting zu den englischen Fräulein gekommen. Als Kind bin ich getestet worden, ob ich behindert bin oder nicht.

Ich habe noch zwei Geschwister, einen leiblichen Bruder, der heißt Erhard. Dann habe ich noch eine Halbschwester. Das ist die Älteste von uns. Wir haben dieselbe Mama gehabt. Meine Mutter hat sich vom ersten Mann scheiden lassen.

Bei den englischen Fräulein hat es mir nicht gefallen. Während die anderen in der Schule waren, habe ich immer putzen müssen.

Meine Mutter wollte mich nicht mit dem Schulbus in die Schule fahren.

Sie hatte Angst, dass ich dann sagen würde, dass sie einen Deppen zu Hause habe.

Dann habe ich die Pockenimpfung bekommen. Diese Impfung

habe ich nicht vertragen. Es wird vermutet, dass ich seitdem diese geistige Behinderung habe.

Bei den englischen Fräulein durfte ich nicht bleiben, da ich hier immer Dummheiten gemacht habe.

Ich war ca. 23 Jahre alt, als ich nach München in das Wohnheim in der x-straße gekommen bin.

2.3.2 Jetzige Lebenssituation

Frau Y wohnt im Wohnheim der Lebenshilfe in der x-straße in München. Sie lebt in einer Gruppe mit acht weiblichen und fünf männlichen Bewohnern. Sie bewohnt ein Einzelzimmer, das sie individuell nach ihrem Geschmack einrichten konnte und kann. Frau Y arbeitet in einer Werkstatt für Menschen mit Behinderung. Da ihre Mutter bereits verstorben ist, ihr Vater in Niederbayern lebt und eine Betreuung nicht übernehmen kann, braucht sie eine gesetzliche Betreuung. Sie wird öfter mal besucht von ihrer gesetzlichen Betreuerin. Auch zu ihrer ehemaligen Schwägerin und zu ihrer Werkstättenleiterin hat sie einen relativ guten Kontakt. Sie nimmt manchmal an Freizeitmaßnahmen innerhalb und außerhalb ihrer Gruppe teil.

2.3.3 Schlussfolgerung

Frau Y ist im Kontakt zu den anderen Bewohnern einerseits sehr zugänglich, andererseits fühlt sie sich manchen Situationen nicht gewachsen und reagiert dann abweisend. Ihr Verhältnis zum Elternhaus stellt sie als ambivalent dar. Liegt ein Besuch der Verwandten länger zurück, verblassen die zuletzt gemachten Erfahrungen, dadurch erscheint ihr das Verhältnis zu den Verwandten als angenehm. Durch die Biographiearbeit könnte die als Kind gemachte Erfahrung noch einmal ans Tageslicht rücken, und so könnten die negativen Erlebnisse verarbeitet werden.

2.4 Zielformulierung

Grobziel: Die drei Bewohnerinnen sollen ihre Lebensgeschichte auf spielerische Art erzählen und erleben
können.

Feinziel: Die drei Bewohnerinnen sollen den Wunsch ver-
spüren, ihre Lebensgeschichte reflektieren zu können.

2.5 Organisation

1. Gesprächseinheit:

Thema: Erzählen der Lebensgeschichte und Malen des Lebensweges
(Graphische Darstellung: „Lebensweg", Kapitel
2.9.1/Anhang)

Raum: Diese Einheit wird in der Küche bei mir zu Hause
stattfinden.

Medien: Medium ist eine graphische Darstellung: „Lebensweg

Materialien: Buntstifte und Papier

2. Gesprächseinheit:

Raum: Diese Einheit wird im Aufenthaltsraum/Wohnheim
stattfinden.

Thema: Interview zum Thema: „Frausein" (Auswertung des
Interviews im Kapitel 2.9.3/Anhang)

Medien: Bilder von bekannten weiblichen Persönlichkeiten

Materialien: Interview zum Thema „Frausein"

3. Gesprächseinheit

Raum: Diese Einheit wird im Aufenthaltsraum/Wohnheim
stattfinden.

Thema: „Lebensstil"

Materialien: Fragebogen zum Thema: „Lebensstil"
(Auswertung zum Fragebogen im Kapitel 2.9.4/Anhang)

2.6 Beschreibung der einzelnen Gesprächseinheiten

Ich habe drei Gesprächseinheiten aus meiner Biographiearbeit ausgewählt, die ich im Folgenden vorstellen möchte. Da es sich bei meinem Thema um Reflexion des Lebens und mögliche Sinnfindung handelt, habe ich meine Einheiten strukturiert, aber auch immer wieder unterbrochen, um evtl. nachzufragen oder auf persönliche Bedürfnisse einzugehen. Die Fragen aus den Gesprächseinheiten habe ich in chronologischer Reihenfolge gestellt.

2.6.1 Gesprächseinheit Lebensgeschichten – Lebenswege

Konkrete Lernziele:
1. Die Bewohnerinnen sollen anhand eigener Erzählungen und mithilfe einer graphischen Darstellung ihren Lebensweg nachzeichnen können.
2. Die Bewohnerinnen sollen ihr Lebensmotto entdecken können.

Motivation und Einstieg in das Thema:
Ich erkundige mich bei den drei Frauen, wann sie Zeit und Lust haben, zu mir nach Hause zu kommen. Ich erwähne, dass die Einladung zielgerichtet ist und den Zweck hat, die eigene Biographie zu erarbeiten. Wir treffen uns an einem Samstagnachmittag bei mir zu Hause und setzen uns in der Küche zusammen. Um das Interesse der Frauen zu wecken, frage ich nach, ob es ihnen Freude machen könnte, unser Leben anzuschauen. Ich frage nach, ob sie sich unter den Begriffen Lebensgeschichte und Lebensweg etwas vorstellen können. Zur Unterstützung lege ich ihnen einen Lebensweg aus einem religionspädagogischen Buch auf den Tisch. Dann stelle ich ihnen einige Fragen zu ihrem eigenen Lebensweg (zum Beispiel: „Wo bist du geboren?", „Wer sind deine Eltern?", „Hast du Geschwister?", „Wo bist du aufgewachsen?", „Was und wo hast du gearbeitet?"). Dann zeige ich ihnen anhand des vom Ganzen ausgehenden analytischen Verfahrens die von mir

vorbereiteten Lebenswegzeichnungen. Ich gebe ihnen Zeit, diese genau anzuschauen, um einen Bezug zu ihren Lebensgeschichten herzustellen.

Hauptteil:
Nachdem sich die Frauen mit dem Bild des Lebensweges vertraut gemacht haben, erkläre ich ihnen die Vorgehensweise. Dies tue ich, um ihnen ihr Lebensmotto vertraut zu machen und um einen Bezug zu ihrer Person herzustellen.
Die erste Aufgabe ist es, die Lebensgeschichte zu erzählen. Hierbei bitte ich die Frauen, nacheinander zu erzählen. Erst wenn jede Frau am Ende ihres Lebensberichts ist, lasse ich die nächste Frau erzählen. Während des Erzählens schreibe ich mit (Verweis: Berichte der Frauen stehen im Text unter „Lebensbericht"). Die Schwierigkeit hierbei ist, dass das Gespräch nicht unterbrochen wird und die Beziehung und Verständlichkeit des Erzählten nicht verloren geht. Wenn alle vier Frauen ihre Lebensgeschichte erzählt haben, haben wir Eckdaten sowie Schwierigkeiten und schöne Dinge berichtet. Jetzt biete ich eine Reflexion des Erzählten an und stelle die Sinnfrage. Nachdem wir uns mit dieser („Was hat dir in deinem Leben gefallen?") auseinandergesetzt haben, bitte ich die Frauen, die Daten auf ein Papier zu übertragen. Ich zeige noch einmal den Lebensweg. Ich bitte die Frauen, ihren eigenen Lebensweg aufzuzeichnen.

Erhaltung des Spannungsbogens und Gestaltung des Höhepunktes:
Ich fordere die Frauen noch einmal auf, über erlebte Dinge zu reflektieren. Beim Erstellen des Lebensweges bitte ich die Frauen, die Farben zum Schreiben zu benutzen, die für sie geeignet erscheinen, um das Erlebte wiederzugeben. Ich frage nach, nachdem sie ihren Lebensweg gezeichnet haben, ob sie auch nichts vergessen haben. Ich gebe ihnen zu verstehen, dass ich es für sehr wertvoll erachte, wie sie ihren Lebensweg aufzeichnen, und sage ihnen auch, dass sie hiermit Respekt vor dem Leben zei-

gen. So werden ihnen Erfolgserlebnisse, Selbstbewusstsein und Selbstsicherheit vermittelt, und sie werden zum Weitermachen angeregt. Auch lobe ich ihr Erinnerungsvermögen. Denn durch das Erstellen des Lebensweges müssen sie sich noch einmal mit ihrer eigenen Geschichte auseinandersetzen, und dies heißt, sich an möglichst viele Daten zu erinnern. Auch kann ich ihnen hierdurch bewusst machen, wie sie die Welt und die Religion anschauen.

Abschluss und Erfolgssicherung:
Nachdem wir Frauen unseren Lebensweg aufgemalt haben, frage ich sie, ob ihnen das gefallen hat. So bekomme ich von ihnen eine Rückmeldung zu meiner Vorgehensweise. Ich frage sie, ob sie für sich selbst einen prägnanten Satz entdeckt haben, ihr Lebensmotto. Wenn die Frauen dieses noch einmal benennen können, ist meines Erachtens die Erfolgssicherung geglückt, denn sie konnten über ihre eigene Geschichte reflektieren. Ich frage sie, ob wir zu einem späteren Zeitpunkt diese Stunde noch einmal wiederholen wollen. Eine Wiederholung kann Bedeutung haben, wenn Schwierigkeiten aus dem eigenen Leben noch nicht verarbeitet worden sind. Werden sie verarbeitet, können sie anders gesehen werden. Durch die andere Sichtweise kann sich auch das Lebensmotto ändern.

Reflexion:
Da es mir ein Anliegen ist, dass sich die Frauen mit ihrer Lebensgeschichte auseinandersetzen, habe ich sie ihren Lebensweg aufzeichnen lassen. Es fiel mir leicht, sie dazu zu bewegen, denn zum einen verbindet mich mit den drei Frauen eine recht gute Beziehung und zum anderen wollten wir sehen, wo wir im Leben stehen und was uns miteinander verbindet.
Auch die Auffassungsgabe der drei Frauen war für mich sehr beeindruckend. Die Möglichkeit, über die Vergangenheit zu reflektieren, haben die Frauen mit Wohlwollen angenommen. Anhand ihrer Motivation konnte ich sehen, wie sehr sie von

dieser Aufforderung beeindruckt waren. Sie hatten den Sinn dieser Aufgabe verstanden. Für mich selbst habe ich einige Daten und Informationen sammeln können, weil ich die Frauen zum Erzählen ermutigte und sie bat, ihren Lebensweg zu zeichnen. Es war ein Erfolg, von dem auch meine Teammitglieder profitieren. Wir alle haben nun die Möglichkeit, die Interaktionen der Frauen besser zu verstehen.

2.6.2 Gesprächseinheit „Frausein"

Konkretes Lernziel:

1. Die drei Bewohnerinnen sollen anhand eines Interviews ihre Strebungen erkennen können (Verweis auf Kapitel 1.7.1/ Strebungen).

Da die meisten Frauen sich mit der Frage auseinandersetzen, wo sie ihren Platz in der Gesellschaft haben und wie sie ihr Frausein ausleben können und wollen, habe ich ein Interview entwickelt (Verweis: nach einer Vorlage der Zeitschrift für Erwachsenenbildung, Ergebnisse des Interviews im Kapitel 2.9.3/Anhang). Dieses Interview enthält Fragen zu Kindheit und Kindheitserinnerungen, zur persönlichen Annahme der Behinderung, zur Stellung der Frau in der Gesellschaft und zu den sexuellen Bedürfnissen.

Da wir vier Frauen Biographiearbeit machen, kommen wir sozusagen von selbst mit dem Thema „Frausein" in Berührung. Darum ist dieses Interview auch eine Anregung zur Auseinandersetzung. Diese Anregung wurde neugierig und mit viel Interesse angenommen. Ich plane, diese Einheit im Aufenthaltsraum durchzuführen. Dieser bietet die Rahmenbedingungen für ein gelungenes Gespräch.

Ich erzähle den Frauen, dass dieses Interview kein normales Interview ist, sondern auf ihren Lebensstil abgestimmt worden ist. Ich erinnere die Frauen noch einmal an die letzte Stunde und an ihr Lebensmotto. Ich frage noch einmal nach, ob die Frauen Freude haben, über ihr „Frausein" nachzudenken.

Hauptteil:

Ich lege den Frauen Bilder von bekannten weiblichen Persönlichkeiten vor. Ich wähle das synthetische Verfahren. Ein Interview ist eine Aneinanderreihung von verschiedenen Einzelschritten, die darin bestehen, dass die Frauen über ihre Kindheit, ihren Bezug zur Gesellschaft, ihre Behinderung, die zwischenmenschlichen Beziehungen und ihre Arbeit noch einmal nachdenken. Diese Einzelschritte bearbeite ich noch einmal, bevor ich sie dann in das Interview übertrage.

Erhaltung des Spannungsbogens und Gestaltung des Höhepunktes:
Nachdem ich bewusst die Frauen noch einmal mit ihrer Vergangenheit konfrontiert habe, kann die Erarbeitung beginnen. Bei der Erarbeitung spreche ich noch einmal über die exemplarischen Einflüsse der Gesellschaft auf ihr Leben und über die persönliche Bedeutung ihrer Lebensgeschichte. Ich gebe Hilfestellungen, wenn eine Frage nicht verstanden wird. Ich gebe zu verstehen, dass sich bei der Erarbeitung ihre Strebungen (das Menschenbild und Grundannahmen der Individualpsychologie, Kapitel 1.7) erkennen lassen. Diese Strebungen zu erkennen ist zugleich der Höhepunkt dieser methodisch-didaktischen Einheit. Somit wird das Interesse an der eigenen Person verstärkt. Hierdurch wird der Antrieb zur Auseinandersetzung mit der eigenen Lebensgeschichte erhöht.

Abschluss und Erfolgssicherung:
In dieser Stunde habe ich die Frauen noch einmal mit ihrer Vergangenheit, Gegenwart und Zukunft konfrontiert. So haben die Frauen erkennen können, welche persönliche Bedeutung ihr Leben hat. Sie haben erkennen können, welche Ziele sie im Leben verfolgen, und dass wir alle Lebenspläne in kleinem oder großem Umfang haben. Die Frauen bekommen hierdurch mehr Selbstvertrauen. Dies ist zugleich ein Feedback meiner Arbeit. Durch das Erkennen der Strebungen kann ich den Frauen auch helfen, ihre Zielvorstellungen umzusetzen.

Reflexion:

Ich denke, dass es den Frauen gefallen hat, sich mit ihrer Lebensgeschichte auseinanderzusetzen. Sie haben hierdurch auch wieder gemerkt, dass wir ähnliche Stationen im Leben durchlaufen haben. Sie haben hierdurch erfahren können, inwieweit sie in die Gesellschaft integriert sind. Die Frauen haben am Schluss auch den Sinn dieser Einheit erkannt. Während der Erarbeitung waren sie sehr motiviert. Als die Frauen ihre Strebungen erkannten, haben sie hierdurch einen größeren Bezug zu sich selbst gewonnen. Der Sinn war für mich, dass wir zu dem, was wir sind, stehen können, nämlich Frauen.

2.6.3 Gesprächseinheit Lebensstil

Konkretes Lernziel:

1. Wir sollen unseren Lebensstil entdecken können und wollen evtl. Änderungswünsche zulassen und uns hierzu Methoden überlegen.

Motivation und Einstieg in das Thema:

Ich wiederhole noch einmal die Hauptaussagen der bereits erarbeiteten Ergebnisse in einer den Frauen verständlichen Weise. Ich informiere noch einmal über die Bedeutung des Lebensmottos und der Strebungen. Ich erkläre den Frauen, dass die Begründung für den Lebensstil im Lebensmotto und in den Strebungen liegt.

Ich frage nach, ob sie das Märchen von den Bremer Stadtmusikanten kennen. Ich erzähle dieses Märchen und frage nach der Begründung für die Flucht nach Bremen. An den gegebenen Antworten mache ich den Frauen deutlich, warum die Bremer Stadtmusikanten so handelten. Anhand der Märchenfiguren erarbeite ich den Lebensstil der Bremer Stadtmusikanten, z.B. äußere ich verbal: „Was dachten die Bremer Stadtmusikanten über sich?", „Was dachten die Bremer Stadtmusikanten über den Bauern?", „Was dachten die Bremer Stadtmusikanten über die Welt?", „Was dachten die Bremer Stadtmusikanten über die Menschen, bei denen sie lebten?", „Was taten die Bremer

Stadtmusikanten?", "Wie handelten die Bremer Stadtmusikanten miteinander?", "Was war der Gedanke der Bremer Stadtmusikanten, um aus ihrer Fluchtsituation herauszukommen?", "Was änderten sie an ihrem Leben?"

2.6.4 „Die Bremer Stadtmusikanten"

Strebungen: Sie waren miteinander aktiv und flüchteten nach Bremen, um sich ein Zusammenleben zu ermöglichen.

Sie waren den Räubern überlegen und schufen sich durch diese Überlegenheit ein Zuhause. Zudem wuchsen sie während ihrer Reise zusammen und bildeten eine Gemeinschaft.

Aus dem Märchen der Bremer Stadtmusikanten lässt sich für die jeweiligen Figuren ein Lebensstil ableiten. An diesem Märchen erkläre ich die Bedeutung des Lebensstils.

Veranschaulichung anhand des Märchens „Bremer Stadtmusikanten":

- Das Selbstbild der Bremer Stadtmusikanten bedeutet: Sie sind auch wertvoll, wenn sie nichts leisten.
- Das Fremdbild der Bremer Stadtmusikanten bedeutet: Ich bin nutzlos.
- Das Weltbild der Bremer Stadtmusikanten bedeutet: Ich bin nur so viel wert, wie ich der Gesellschaft einen Nutzen bringe.
- Die Aktivität der Bremer Stadtmusikanten bedeutet: Ich flüchte und baue mir ein besseres Zuhause auf.
- Der Bezug zur Gemeinschaft der Bremer Stadtmusikanten bedeutet: Ich suche mir Freunde, mit denen ich zusammenleben möchte.
- Der zentrale Gedanke der Bremer Stadtmusikanten bedeutet: Wir haben Hunger und wollen ein neues Zuhause.
- Der Änderungswunsch der Bremer Stadtmusikanten bedeutet: Wir gehen nach Bremen und bauen uns ein neues Zuhause auf.

- Die Methode der Bremer Stadtmusikanten ist die Flucht
  nach Bremen und das Finden eines neuen Zuhauses
  durch das Erschrecken und Vertreiben der Räuber.

Dann erkläre ich, dass ich einen Fragebogen vorbereitet habe,
der aus den gegebenen Antworten den Lebensstil der Frauen
erkennen lässt.
Für diese Stunde wähle ich auch wieder den kleinen Aufenthaltsraum, um ein ungestörtes Arbeiten zu ermöglichen.
Durch das Erzählen des Märchens erwecke ich auch wieder
Neugierde für das eigene Leben.

Hauptteil:
Ich wähle als Methode das vom Ganzen ausgehende analytische
Verfahren, da ich zuerst das Märchen erzähle und dann hieraus
Strebungen, Lebensmotto und Lebensstil ableite. Weiterhin
zerlege ich das Märchen in Einzelschritte und erkläre Fremdbild
und Selbstbild, zentrale Gedanken und die Methode der Veränderung. An diesem Märchen wird auch deutlich, dass der Weg
das Ziel ist. Dadurch schaffe ich Neugierde und Interesse, das
eigene Leben auch in diese Einzelschritte zu zerlegen. Durch das
Erzählen und die Analyse des Märchens entsteht Beziehung und
Verständlichkeit. Ich stelle den Frauen den Fragebogen vor und
gebe bei den einzelnen Fragen Hilfestellung. Über die Fragen entsteht auch wieder ein Bezug zur eigenen Lebensgeschichte und
zur Kindheit. Durch die einzelnen Fragen konnte ich erkennen,
in welchen Lebensabschnitten sie sich wohl gefühlt haben und
wie sie das Leben bewältigen.

Reflexion:
Mir war wichtig in der Aufbereitung dieser Stunden, dass die
Frauen sich selbst besser kennen und verstehen lernen. Durch
diese Einheit konnten die Frauen ihren Lebensstil entdecken.
Ich denke, dass die Frauen durch das Erzählen des Märchens
motiviert waren, ihre eigene Lebensgeschichte anzuschauen, und

Wege sehen, ihr Leben so zu gestalten, dass ihr Leben glücklich verlaufen wird oder weiterhin glücklich verläuft.

Wir haben einen Sinn für unser Leben entdeckt und bemerkt, dass Sinnerfüllung für jeden von uns individuell ist. Wir können aber auch entdecken, wo und was wir ändern wollen. Wir haben weiterhin erkannt, dass unsere Individualität einen Bezug zu der Gesellschaft, in der wir leben, hat und dadurch geprägt wird. Deutlich wurde, dass wir eine Prägung zur Frau erhalten haben. Weiterhin hat jede von uns ihr Lebensmotto erkannt, ihren Lebensstil und ihre Strebungen. Auch das Ziel meiner Arbeit, die Verbesserung unserer Beziehungsqualität, wurde in unseren Gesprächen erreicht.

Zwei von den Bewohnerinnen haben am Ende der Arbeit gezeigt, dass sie an zwei Dingen arbeiten wollen. Die Ziele, die sich die beiden Bewohnerinnen gesteckt haben, heißen Verbesserung der Verständlichkeit und eine qualitative Veränderung der zwischenmenschlichen Beziehung. Hier möchte ich auch mit den Bewohnerinnen einen gangbaren Weg finden.

2.7 Allgemeine Reflexion

Dadurch, dass die Frauen bei allen Gesprächseinheiten sehr motiviert waren, gewann ich den Eindruck, dass es ihnen Freude gemacht hat. Die Frauen machten unterschiedliche Erfahrungen in ihrem Leben und wussten diese auch zu reflektieren. Sie haben sich mit einer möglichen Sinnfindung ihres Lebens auseinandergesetzt. Ich wünsche mir, dass sie ihre Erfahrungen verarbeiten und daran weiterarbeiten, sodass ihr Leben – wie auch meines – in glücklichen Bahnen verläuft. Die Frauen haben ihr Lebensmotto, ihre Strebungen und ihren Lebensstil erkannt.

Es ist mir aufgefallen, dass die Frauen ein relativ gutes Erinnerungsvermögen haben, und ich würde mich freuen, wenn die positiven Erinnerungen in den Vordergrund rücken und die unangenehmen Erinnerungen weiterhin aufgearbeitet werden und sie dadurch den Stellenwert verlieren, den sie bisher hatten. Hierbei denke ich besonders an eine Frau, während die andere, wie aus dem Lebensbericht auch zu ersehen ist, eine strukturierte Kindheit hatte. Ich denke daran, dass uns unangenehme Erfahrungen weiterhin nicht erspart bleiben werden, diese Erfahrungen aber durch Gewinn bringende Interaktionsprozesse leichter weggesteckt werden können. Wenn wir über das Leben nachdenken, können wir auch manchen Dingen ausweichen, mit denen wir eine unangenehme Erfahrung machen würden.

2.8 Ausblick

Für die Zukunft kann ich mir weitere Themen vorstellen, die ich hier kurz benennen möchte:
- Ersterinnerungen, Geschichten, Phantasien
- Kindheitsereignisse
- Familienstrukturen
- Erwartungen und Befürchtungen der Eltern
- Erziehungsstil (Anweisungen, Verwünschungen)
- Zuschreibungen, z.B.: „Sei ein braves Kind!"

Ich habe diese speziellen Themen aufgeführt, um weitere Möglichkeiten aufzuzeigen, die hilfreich sind, um eine Lebensgeschichte aufzuarbeiten.
Wichtig ist auch, dass die Persönlichkeit des Menschen und die Lebensgeschichte ein Ganzes ergeben oder das eine sich aus dem anderen ableiten lässt. Auch hier soll dem Menschen Wertschätzung und Empathie entgegengebracht werden. Der Mensch ist für mich ein genialer Gedanke Gottes und erhält somit seinen Selbstwert. Durch die Auseinandersetzung mit dem Nächsten kann der einzelne Mensch sich wiedererkennen und erhält hierdurch seine Identität. Weil der Mensch aber ein naturgeschaffenes Wesen ist, sollte er auch als solches von sei-

nen Mitmenschen angenommen werden. Darum sollte folgende Frage nicht gestellt werden:

„Was würden Sie tun, wenn Sie jetzt ganz gesund wären?"

2.9 Anhang

Im Folgenden zeige ich die Abbildung einer graphischen Darstellung „Lebensweg" und das Diagramm „Familienstrukturen".
Zur weiteren Einsicht: Protokolle zur Auseinandersetzung mit der Kindheit und der Gesellschaft sowie eine Zusammenfassung von Aussagen, die diese drei Bewohnerinnen und ich gemacht haben, zu den Themen „Frausein" und „Lebensstil".

2.9.1 Meditative Betrachtung eines „Lebensweges"

Leuchtturm Dornbusch auf der Insel Hiddensee

Eines Nachts hatte ich einen Traum. Mir träumte, dass ich mit dem Herrn am Ufer des Meeres entlang ging. Am Himmel flammten Szenen aus meinem Leben auf. Bei jeder Szene entdeckte ich zwei Paar Fußabdrücke im Sand, ein Paar war von mir, das andere vom Herrn.
Als die letzte Szene meines Lebens aufflammte, sah ich mich um nach meinen Fußspuren im Sand. Ich bemerkte, dass oftmals auf meinem Lebenspfad nur eine Fußspur zu sehen war.

Und es fiel mir auf, dass dies immer während dunkelsten und traurigsten Zeiten meines Lebens geschehen war. Dies bewegte mich sehr, und ich fragte den Herrn, weshalb das so sei.
„Herr, als ich mich entschloss, dir nachzufolgen, versprachst du mir, meinen ganzen Weg mit mir zu gehen. Nun habe ich aber bemerkt, dass in den schwersten Zeiten meines Lebens nur ein Paar Fußabdrücke zu sehen ist. Ich verstehe nicht, warum du mich alleine gelassen hast, als ich dich am allermeisten nötig hatte.“

Der Herr antwortete:
„Mein teures, liebes Kind,
ich liebe dich und würde dich
nie, nie allein gelassen haben
während den Zeiten des Leidens
und der Anfechtung.
Wenn du nur ein Paar Fußabdrücke gesehen hast,
so war das deshalb,
weil ich dich getragen habe.“

„Du hast geglaubt,
mich nicht zu brauchen,
da bin ich gegangen.
Ist es dir dabei gut ergangen?“

„Ich habe dich nicht alleine gelassen.
Ich war bei dir im Herzen.“

„Ich wollte, dass du durch
Schicksalsschläge an Größe gewinnst.“

„Im Innersten bin ich dir immer gefolgt.
Du hast mich vielleicht nicht gespürt und dadurch den Glauben an mich verloren.
Jetzt bist du wieder ganz bei mir.“

2.9.2 Diagramm: „Familienstrukturen"

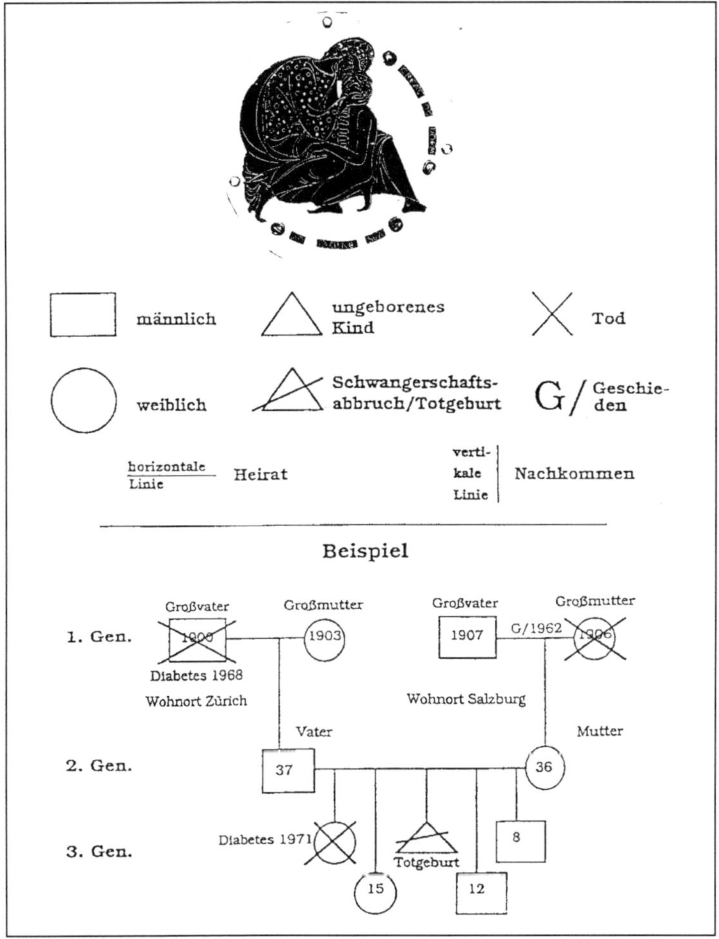

2.9.3 Das Interview zum Thema „Frausein"

Die Rolle der Frau:

Wie siehst du rückblickend dein Aufwachsen als Mädchen? Hast du früher mit Puppen und Kleidern gespielt?

- *Ja, ich spiele immer noch mit Puppen. Ich habe mit Puppen gespielt und bin mit dem Puppenwagen gefahren.*

- *Ich habe mit Puppen gespielt. Ich habe sie an- und ausgeklei-
  det. In den Kinderwagen gesetzt. Ich habe auch meinen Bruder in den Kinderwagen gesetzt und ihn spazieren gefahren.*
- *Ich hatte nur eine Puppe gehabt. Ich hatte ihr einen Namen
  gegeben. Die hieß Susi. Ich hätte gerne noch Geschwister gehabt. Weil ich anders war als meine Freunde, waren es keine
  echten Freunde.*
- *Ich habe mit Puppen gespielt.*

Bist du überbehütet aufgewachsen? Was für eine Rolle hat deine
Behinderung dabei gespielt?
- *Mein Vater hat mich verwöhnt. Keine Rolle!*
- *Nein, ich habe immer mit den Brüdern geteilt. Die Behinderung hat mir erst in der Jugend zu schaffen gemacht. In dieser Zeit wurde ich von meiner Mutter falsch verstanden.*
- *Ich bin im Kinderheim aufgewachsen, vom Säugling an bis
  fünf Jahren. Dann habe ich dreimal die Schule wechseln müssen. In der Kindheit wurde mir wenig beigebracht.*

Wie war denn das später in der Pubertät? Ich kann mir vorstellen, dass in dieser Zeit sowohl deine Behinderung als auch dein
Frausein eine größere Bedeutung bekommen hat?
- *Keine Erinnerung.*
- *Mit neun Jahren habe ich schon meine Periode gehabt. Von
  meinem Wachstum her gesehen war ich immer die Größte.
  Wir sind einmal nach Italien gefahren, da habe ich nur noch
  52 kg gehabt. In Italien habe ich starke Gefühlsschwankun-
  gen gehabt. Ich habe gelacht und geweint.*
- *Als ich einen Busen bekommen habe, dachte ich, ich bekomme zwei Beulen. Mama sagte, das werden Busen für die
  Babies. Mama hat mir gezeigt, wie Babies trinken. Auch hat
  sie mir erklärt, wie oft ich die Regel bekomme. Dann hat sie
  mich richtig aufgeklärt.*
- *Ich denke, dass Frauen mit Behinderung ähnliche Probleme
  mit der Annahme haben wie Frauen mit Nichtbehinderung.*

Gibt es alte Rollenmuster für dich – z.B. Mädchen spielen mit
Puppen und Jungen mit Autos?

- *Wenn Jungen mit Puppen spielen, finde ich es kindisch.*
- *Jungen können mit Puppen spielen und Mädchen mit Autos.
  Dies ist zwar selten, denn meistens ist es umgekehrt. Allerdings wirkt es auf mich nicht normal, wenn Jungen mit Puppen spielen.*
- *Als Kind habe ich gerne mit Autos gespielt. Die Lehrerin hat
  gesagt, das ist Bubensache. Aber ich habe trotzdem gespielt.
  Mein Vater hat mir dann ein Go-cart gekauft.*
- *Ich denke, dass Mädchen Zugang zu typischen Jungen-Spiel-
  zeugen haben sollten. Dies kann nur der Identitätsfindung
  dienen und eine Möglichkeit sein, hierdurch Qualitäten zu
  erwerben, die früher als typisch männlich galten.*

Hättest du dich in der Rolle eines Jungen wohler gefühlt?

- *Nein, ich bin als Mädchen geboren und akzeptiere meine
  Rolle als Mädchen.*
- *Manchmal schon. Als Frau bekommt man die Tage. Als Junge
  würde ich wahrscheinlich auf dem Bau arbeiten müssen. Dies
  würde ich nicht so gerne tun.*
- *Ich habe einen Freund gehabt, der hieß Wolfgang. Mit ihm
  habe ich mit Autos oder im Indianerzelt gespielt. Mit anderen
  Jungen wollte ich nicht spielen, die waren mir zu frech.*
- *Nein.*

Hast du in der Kindheit eine Freundschaft zu einem Jungen gehabt? Hast du mit Jungen gespielt?

- *Ich habe keine Freundschaft zu einem Jungen gehabt. Ich
  habe nicht gespielt.*
- *Ich habe schon eine Freundschaft gehabt. Mit einem Kinde-
  rofen haben wir gespielt. Wir haben mit Sand gespielt und
  diese Formen mit Sand gefüllt.*
- *Bubensachen haben mir auch gefallen. Gerne bin ich in den
  Bäumen herumgeklettert. Meine Oma hat mir gezeigt, wie*

man sich als Mädchen aufführt.

- *Ich habe mit einem Jungen in der Kindheit gespielt, der Christoph hieß.*

Wie stand es um deine sexuellen Bedürfnisse?
- *Ich habe mich gestreichelt.*
- *Ich bin ausgenutzt worden, seitdem mag ich keinen Mann mehr.*
- *Ich denke, jeder Mensch hat sexuelle Bedürfnisse. Es ist eine Frage, wie er sie auslebt.*
- *Ich hatte den Wunsch. Mein Bruder hat mich im Alter von 13 Jahren vergewaltigt. Danach hatte ich keine sexuellen Wünsche mehr.*

Hast du zu dir selbst eine Beziehung als Frau? Wie siehst du dich als Frau?
- *Ich mag mich gerne schminken. Ich mag mich gerne ankleiden. Ich kann mein Aussehen akzeptieren.*
- *Ich habe einen großen Busen. Sonst fühle ich mich schon als Frau ganz gut. Ich habe ein bißchen zu viel Übergewicht. Ich möchte mich mehr bewegen.*
- *Ich mag meine Rolle, die ich als Frau habe, annehmen.*

Wie siehst du deine Rolle in der Gesellschaft als Frau?
- *Stressig. Ich habe das Gefühl, dass ich den Anforderungen nicht entspreche.*
- *Ich bin eine Frau und kein Mann. Frauen sollen sich nicht so viel gefallen lassen.*
- *Ich glaube, Frauen stehen viele Möglichkeiten offen, dies bejahe ich.*
- *Ich bin weiblich, weil ich ein Mädchen bin. Ich habe keinen Drang nach Sexualität.*

Konntest du Kontakte zu nichtbehinderten Mädchen ausbauen?

- *Die Freundin habe ich noch in Niederbayern. Ich kenne sie aus der Kindheit.*
- *Ja. Ich habe eine Freundin gehabt, die heißt Gudrun und ist verheiratet. Sie hat ein Baby. Als Kind habe ich sie über meine Mutter kennen gelernt. Am Wochenende haben wir uns gesehen.*
- *Ich habe Freundinnen aus der Kindheit, zu denen ich auch heute noch Kontakt habe.*
- *Konnte ich nicht, denn ich fühlte mich ausgestoßen. Zuerst habe ich mit den Kindern gespielt. Sie haben mich ausgefragt. Dann haben sie festgestellt, dass ich behindert bin, und wollten nicht mehr mit mir spielen. Einmal habe ich zu einem Jungen gesagt, er solle froh sein, dass er gesund ist.*

Wie siehst du dich als Frau in der Gesellschaft?

- *Ich mag es gerne, wenn Männer auf mich schauen. Manche wollen mich als Freundin haben, aber ich will nicht.*
- *Ich denke, dass ich als Frau in der Gesellschaft integriert bin.*
- *Sie sollte sich ordentlich benehmen und sich nicht benehmen wie ein Kind. Ordentliche Sprache. Zwischendurch kann man mal lustig sein. Puppen kann man schon haben, aber eher als Sammlung.*
- *Ich habe kein Gefühl. Jeder hat sein Recht, so zu sein, wie er will. Ich bin zu herrisch erzogen worden und meine nicht, dass ich mich hätte nicht ändern müssen.*

Hast du das Gefühl, von der Umwelt als Person wahrgenommen zu werden?

- *Ja.*
- *Ja.*
- *Ja.*
- *Ja.*

2.9.4 Auswertungsbogen: „Lebensstil"

Selbstbild:
- *Ich bin ein Mensch. Ich bin aber kein grantiger Mensch, eher ein lustiger Mensch, kein Muffler. Ich wasche mein Gesicht kalt aus. Ich bin hilfsbereit.*
- *Manchmal bin ich aggressiv. Ich bin auch ein lustiger Mensch. Ich kann auch lachen und weinen.*
- *Ich bin ein ruhiger Mensch und mag die Herausforderungen, die das Leben stellt, annehmen.*

Fremdbild:
- *Die anderen Bewohnerinnen sehen mich als Chefin. Die anderen verstehen mich nicht. Sie denken, ich bin kindisch. In der Gruppe sehen mich die Menschen als Lehrerin an.*
- *Die anderen denken, ich bin launisch. Ich verstehe mich gut mit der x.*
- *Ich fühle mich in der Gesellschaft integriert.*

Weltbild:
- *Ich denke, die Welt ist in Ordnung. Es gibt in Deutschland keinen Krieg.*
- *Die Welt ist in Ordnung. Ich wäre, wäre ich ein Tier, eine Katze in dieser Welt.*
- *Ich habe eine wirklichkeitsnahe Weltanschauung.*

Gefühl:
- *Wenn ich ein Problem habe, fühle ich mich von der Welt allein gelassen.*
- *Ich mache mir Gedanken über den Tag.*
- *Meistens fühle ich mich angenommen.*

Aktivität:
- *Früher habe ich alles kaputt gemacht. Manchmal, wenn gutes Wetter ist, gehe ich auch weg.*

- *Wenn ich gute Laune habe, bin ich unter den Menschen.
  Wenn ich schlechte Laune habe, auch. Ich schimpfe, wenn ich
  schlechte Laune habe.*
- *Ich unternehme gerne etwas mit meinen Freunden. Ich bin
  gerne in der Natur. Außerdem setze ich mich mich gerne mit
  der Psychologie und der Bibel auseinander.*

Bezug zur Gemeinschaft:
- *In der Gemeinschaft konnte ich überhaupt nichts machen.
  Wenn ich etwas vorschlage, wird es nicht angenommen.*
- *Ich möchte mit einer anderen Bewohnerin gut zurechtkom-
  men. Ich möchte mit den Betreuern gut zurechtkommen. Mit
  meinem Freund auch.*
- *Die Beziehung zu den drei Frauen ist mir wichtig, dies in
  Bezug zu meiner Biographiearbeit. Ebenso möchte ich daran
  arbeiten, dass Beziehungsprozesse, die ich zu meinen Mit-
  menschen habe, sinngebend verlaufen.*

Zentraler Gedanke:
- *Ich denke oft, warum die anderen Bewohner nicht so selbst-
  ständig sind wie ich. Sind sie wirklich so behindert?*
- *Ich möchte mit x zusammenbleiben. Ich möchte, dass meine
  Familie zusammenbleibt. Ich möchte mit meinen Mitmen-
  schen gut auskommen.*
- *Ich möchte mich engagieren für die Bedürfnisse der ande-
  ren, dabei aber meine eigene Mitte nicht außer Acht lassen.
  Außerdem denke ich manchmal an einen Menschen, der mir
  sehr sympathisch ist.*

Änderungswunsch:
- *Ich möchte mit den Bewohnern vernünftig reden. Ich bekomme keine kameradschaftliche Antwort. Ich möchte aber gerne eine haben.*
- *Ich möchte nicht so viel essen. Ich esse immer am Abend
  so viel wegen meiner Probleme. Psyche, Stimmungstief. Ich*

möchte mich so lange als möglich mit x gut verstehen.
- Ich möchte lernen zu strukturieren.

Methoden:
- Ich versuche mich aus allem herauszuhalten und warte erstmal
  die Situation ab.
- Ich muß Grenzen setzen. Das bedeutet für mich auch, dem
  anderen Gelegenheit geben, auf mich zuzukommen.
- Ich entscheide mich, den Tag bewusst zu leben.

3. Literaturverzeichnis/Bibliografie

Dieterich, Michael. Psychologie & Seelsorge. R. Brockhaus: 1992

Müller, Harry. Schwierigkeiten sind Möglichkeiten. Neuhausen Stuttgart: Hänssler: 1992

Bobgan, Martin u. Deidre. Psychotherapie oder geistliche Seelsorge. Clv:1991

Leitner Rupert. Egger, Klaus. Hadwiger, Alois. Mitterbacher, Andreas. Perstling, Johann. Roth Edgar. Schmidtmayr, Hartwin. Schrettle, Anton. Stanger, Oswald. Ziermann, Peter. Zisler, Kurt. Religionspädagogik. Österreichischer Bundesverlag: 1989

Textor, A. M. Auf deutsch. Das Fremdwörterlexikon. Rororo Taschenbuchverlag: 1982

Osborn, Caroline. Schweitzer, Pam. Trilling, Angelika. Erinnern – Eine Anleitung zur Biographiearbeit mit alten Menschen. Lambertus: 1997

Brockhaus, Lexikon: Wiesbaden. 1977

Zeitschrift für Erwachsenenbildung. Ausgabe:

Cereben, C. Kopinitsch-Berger, S. Auf den Spuren der Vergangenheit. Wilhelm Maudrich: 1998